# あやかし蝶と消えた初恋

Sachi Umino
海野 幸

CHOCOLAT BUNKO

ILLUSTRATION Ciel

CONTENTS

あやかし蝶と消えた初恋 004
あとがき 268

尾瀬朝陽《おぜあさひ》の朝は早い。目覚まし代わりの携帯電話のアラームは、土日祝日関係なしに毎朝六時に鳴り響く。

一般的な大学生と比べれば健全な時間に目覚めた朝陽の目に最初に飛び込んでくるのは、A1サイズのポスターだ。ポスターには、カブトムシやクワガタなど甲虫六十匹のイラストが整然と並んでいる。

朝陽は虫が好きだった。九歳の誕生日に昆虫図鑑と一緒に買ってもらったこのポスターは、ずっと自室の天井に貼られている。おかげで朝陽の寝起きはすこぶる良い。ポスターの中央に陣取るヘラクレスオオカブトの美しい角を視線でなぞっているうちに重たかった瞼《まぶた》も上がり、むくりとベッドの上に起き上がった。

朝陽の自室は六畳。小学生のときから使っている学習机とベッド、それから飾り棚を兼ねた本棚が置かれた部屋は手狭だが、壁には蝶やトンボのポスターが貼られ、本棚には昆虫図鑑や小さな標本が並び、どこを見ても朝陽の好きなもので埋め尽くされている。

ベッドを下りた朝陽は本棚に向かい、胸の辺りに位置する棚に置かれた写真立てを手に取った。ジャケットにネクタイという制服姿で卒業証書を持ち、睨むような目をカメラに向けて固く唇を引き結んでいるのは高校時代の朝陽だ。そしてその右隣、朝陽の肩に腕を回して大きく口を開けて笑っているのが同級生の国吉《くによし》である。

「……国吉清十郎《せいじゅうろう》」

二年前、高校の卒業式に撮ってもらった写真を見詰め、朝陽は国吉の名を呟く。次の瞬間、真剣そのものだった朝陽の目尻がでれっと下がった。写真を眺めたまま、ふっふ、と小さく声を立てて笑いだす。

「いい名前だ。国吉清十郎。役者だったらこのまま芸名にできそうじゃないか。モモチョッキリくらいいい名前だ」

モモチョッキリは虫の名だ。桃の実に卵を産みつけ、その枝をちょっきり切ってしまうことからこの名がついた。農家から見れば害虫でしかないが、なんとも愛嬌のあるこの名が朝陽は好きだった。誰かの名前を評して「モモチョッキリのようだ」と朝陽が言えば、それは最大の賛辞である。言われた相手はきょとんとするばかりで、朝陽の本意が伝わったためしはないが。

随分褒められたものだと笑ってくれる相手がいるとすれば、この写真に写っている国吉くらいのものではないだろうか。

写真の中の国吉は粒のそろった白い歯を見せて笑っている。いかにも人好きする笑顔を眺め、朝陽は熱っぽい溜息をついた。刻一刻と過ぎていく瞬間を紙に焼きつけてくれる写真は偉大だ。こうやって好きなときに何度でも国吉の笑顔に見惚れることができる。

写真を眺めているだけで、早く会いたい気持ちが募る。講義が始まるのが待ちきれない。逸る心を抑え、朝陽は展翅板《てんしばん》に広げられた蝶の翅《はね》を検分するようにじっくりと写真に目を注いだ。

高校時代の国吉は、気さくな性格を表すような朗《ほが》らかな笑顔を浮かべている。現に国吉は面倒見がよく、校内を歩けば必ずどこかから彼を呼び止める声がかかった。加えて顔立ちも整っているのだから女子からはよくモテたものだ。

つまらないことを思い出して眉根を寄せたら、写真の中の自分と全く同じ表情になった。国吉に肩を抱かれた朝陽は、卒業式というめでたい日にはそぐわない仏頂面だ。

国吉が長身で肩幅の広い体格をしているせいか、隣に立つ朝陽は相対的に華奢に見える。首や顎が細く、鼻や唇も小づくりで、瞳だけがハッと目を惹くほどに大きい。卵型の顔にそれらのパーツが行儀よく並んだ顔は文句なしに美少年のそれなのだが、いかんせん表情が厳《いかめ》しすぎる。なまじ顔立ちが整っているだけに、唇を真一文字にして眉を寄せた表情はひどく癇性《かんしょう》そうに見えた。

実際は不機嫌なわけでもなんでもなく、カメラを向けられた国吉が急に朝陽の肩など抱いてきたものだから動転して、顔面を含めた全身に力を入れてしまっただけなのだが。

もう一度国吉の顔を眺め、朝陽は写真立てを棚に戻した。階下では母親が朝食を作る音がしている。朝陽の自宅は都内の西端にあり、毎日都心へ通勤している父親はとっくに起きて身支度を整えている頃だ。

朝陽の通う大学は自宅から電車で三十分程度。まだ時間にはゆとりがあったが服を着替えて自室を出た。もちろん、ドアを閉める前に本棚を振り返って、写真に収められた国吉の顔を見るのは忘れない。

毎朝起き掛けに国吉の顔を見て一日の気力を充電する。それが高校卒業時から欠かさず続く朝陽のルーチンなのだった。


朝陽の通う大学は、都心部と比較にならないくらい深い緑に溢れている。学校の背後は鬱蒼《うっそう》と茂る雑木林だ。

キャンパス内にも緑が多く、少し歩けば茂みの陰や木の幹にすぐ虫を発見できた。虫好きの朝陽にとってはこの上ない環境で、半分はこの立地に惹かれて学校を選んだほどだ。

朝陽の専攻は機械工学だ。虫好きゆえ農学系に進むか迷ったが、本物と見分けがつかないくらいリアルな昆虫のロボットを作りたいという子供の頃からの夢を捨てきれなかった。

五月の連休明け、頭上を覆う新緑は瑞々しく、キャンパス内の歩道を一歩脇に逸れれば朝陽の目を惹く昆虫たちがあちこち闊歩《かっぽ》している。毎日講義が始まる一時間前には学校に到着し、時間ぎりぎりまで虫を探してキャンパス内を歩き回っている朝陽だが、今日はちらちらと時計を確認し、いつもより少し早めに教室へ向かった。

息を弾ませて教室に入った朝陽はざっと室内を見回す。席は半分以上が埋まっているが、国吉の姿はまだないようだ。

朝陽はがっかりして肩を落とす。久々に国吉に会えると思ったから、今日は早めに昆虫探しを切り上げたというのに。

窓辺に友人たちが固まって座っていたのでとぼとぼとそちらに向かうと、その中の一人、及川《おいかわ》が朝陽に気づいた。

「尾瀬、おはよう。今日はなんか面白い虫いたか?」

及川たちは、朝陽が毎日朝早くから虫を観察していることを知っている。知り合った最初こそ「虫なんか好きなの?」と不思議そうな顔をしていたが、雨の日も雪の日も休まず昆虫と向き合う朝陽のひたむきさに今や尊敬の念を抱いているらしい。

朝陽は及川たちの一列後ろの席に座ると、暗い顔で「いっぱいいた」と返した。

「なんだ、そんなしょんぼりして。もしかして、国吉がまだ来てないからか?」

「……国吉、休みだろうか」

「いや、まだ全然時間に余裕あるし、これから来るだろ。そんな落ち込むなって、虫の話なら俺だって聞いてやるから」

朝陽は唇をへの字にして「国吉がいい」と頑是《がんぜ》ない子供のような口調で返す。

別に虫の話を聞いてほしくて国吉を待っているわけではない。朝陽が待ち焦がれているのは国吉自身だ。朝陽の興味と関心のほとんどは昆虫に向けられているが、国吉の前に立つときのみ虫の話は二の次になる。

国吉のいない教室を眺めていても淋しいばかりで窓の外へと視線を向けかけた朝陽だったが、ふいに予感めいたものを覚えてハッと教室の入り口に視線を戻した。

果たして、朝陽の目が遠方に焦点を結ぶのとほぼ同時に、教室の入り口に国吉が現れた。

「国吉！」

明らかに先程より数段トーンの上がった朝陽の声が、教室の隅々にまで響き渡る。自然と周囲の視線が集まったが構わず、朝陽は満面の笑みを浮かべて頭の上で大きく手を振った。

教室に入ろうとしていた国吉が朝陽の声に反応してこちらを向く。海上の遭難者もかくやという激しさで手を振る朝陽にも国吉はうろたえず、いつもの通り親しげな笑みを向けてくれた。

今日も今日とて国吉の笑顔が眩しくて朝陽は息を震わせる。茂みの陰できらりと日光を跳ね返すコガネムシを見つけたような気分だ。指先をそわそわと組み替えて国吉が近づいてくるのを待っていたら、及川に呆れたような声で言われた。

「相変わらず、虫と国吉を発見する目ざとさにかけては尾瀬の右に出る奴はいないよな」

確かに、と周りの友人たちが同意を示す中、ようやく国吉が朝陽のもとまでやってきた。

朝陽の隣に腰を下ろし、国吉は朝陽と視線を合わせて「おはよう」と柔らかな声で言う。

屈託のない笑顔は高校時代と変わらないが、あの頃より国吉の顔の輪郭はがっしりして、背も伸びた。高校時代は短めに切っていた髪も最近は少し伸ばしていて、大人の色気のようなものが出始めたように思う。特に今日は連休を挟んでほぼ一週間ぶりの対面だ。久々の笑顔が眩しくて、朝陽は何度も目を瞬かせた。

「尾瀬、久々に国吉に会えて嬉しいのはわかるけど、なんかもう、アイドルに会えたファンみたいな顔になってんぞ」

拝むように両手を合わせて国吉に見惚れていたら、及川たちにからかわれてしまった。

「アイドルというか、国吉はオオクワガタだ……」

うっとりと呟いた朝陽を見て、「オオクワガタ……?」と及川たちがざわつく。動じずに笑っているのは国吉だけだ。

「それ、褒め言葉だよな? 国吉はクワガタみたいに格好いいって話か……?」

「そうだ。オスのオオクワガタは無骨だが実に整ったフォルムをしている。俺としては、美麗な角を持ったカブトムシより、実用的な角のクワガタの方が国吉の印象に近いかな、と思うんだが、どうだろう」

知らん、わからん、カブトムシの角って美麗か? と及川たちがぼそぼそ言い合う中、国吉が照れたように笑った。

「そんなに褒められても何も出ないよ?」

「……すげぇな国吉、尾瀬の言葉をあっさり褒め言葉として受け入れるのか」

　及川たちと同じく、国吉だってさほど昆虫に思い入れがあるわけでもないだろうに、こうして朝陽の言葉を汲み取って理解しようとしてくれる。言葉だけでなく、表情や声から様々なものを拾い上げて応えてくれるから、朝陽は国吉が好きなのだ。

　連休の間も、学校で国吉に会ったらあれを話そう、これを話そうとあれこれ考えていた朝陽は、いそいそと携帯電話を取り出すとそれを国吉の鼻面に押しつけた。

「国吉、見てくれ！」

「ん？　うん、近すぎてちょっと見えない。もう少し下げてくれないと」

「連休中に高尾山に行ってきたんだ！　そこで珍しい虫を見つけて……！」

うんうん、と頷きながら、国吉が朝陽の手首を摑んでやんわりと自分の顔の前から離す。国吉の指先から伝わってくる体温にどぎまぎして、朝陽は勢いよくまくし立てた。

「テングアワフキだ！　見てくれ、この顔を」

　どれ、と国吉が画面を覗き込む。そこに映っていたのは、つるりとしたしずく型の黒い虫だ。横に倒したしずくの先が、天を向いているような格好である。

「見たことない虫だね。口の先が伸びてて」

「口ではなくて頭部だな。突出した細長い頭部が天狗の鼻のように見えるだろう。だからテングアワフキの名がついた」

「確かに天狗の鼻っぽい。アワフキの由来は？」

「幼虫の頃は泡の中で暮らすからだ。この泡は幼虫自身が出す排泄液でできている。排泄液に虫の分泌腺から分泌された蝋が溶け込んで、ケン化反応を起こしてアンモニウム石けんができるんだ」

朝陽は夢中でテングアワフキの特徴を説明する。国吉はそれを止めるでもなければ困惑するでもなく、面白そうに耳を傾けてくれるので朝陽の弁舌《べんぜつ》は熱を帯びる一方だ。

「連休明けに久々に見ると、やっぱ尾瀬のマシンガントークは迫力あるな」

「国吉が教室に入ってくるかどうかってタイミングでもう国吉を発見してるのも凄い」

「尾瀬のマニアックな昆虫トークにまともにつき合ってくれるのは国吉ぐらいのもんだろうし、尾瀬が国吉の到着を待ちわびるのもわかるけど。俺たちじゃつき合いきれん」

耳を掠めた及川たちの言葉に、朝陽はぐっと声を詰まらせる。とっさに口を引き結べば、「どうした?」と国吉に首を傾げられた。

「……国吉は、連休中何をして過ごしてたんだ?」

「あれ、テングアワフキの話はもうおしまい?」

鏡を見るまでもなく、自分がいかにも話し足りない顔をしているのはわかっている。けれど虫の話ばかりして国吉にまで「つき合いきれない」とそっぽを向かれたら嫌だ。

国吉に見せるつもりで撮った昆虫の写真が山ほど保存された携帯電話を握りしめて黙りこくっていると、横からそっと国吉に顔を覗き込まれた。

「俺の話もいいけど、今は朝陽の話が聞きたい。高尾山では他にどんな虫を見つけた？」

「……いろいろ、たくさんだ。でも、よく知りもしない虫なんて、興味もないだろうし」

「虫のことはよく知らなくても、朝陽が面白いと思ったものなら見てみたいよ」

朝陽は勢いよく顔を上げて国吉を見る。見せて、と微笑んだ国吉を見たら、手元に力が入りすぎて手の中の携帯電話が鈍く軋んだ。

「国吉、好きだ……！」

うっかり本音が口から転がり落ちた。その視線も口調もひどく熱っぽく、講義が始まる前の教室の雰囲気にはまるでそぐわなかったが、誰一人として朝陽を振り返る者はいない。熱烈な告白をされた国吉本人さえ動じず、にっこり笑ってこう答えた。

「うん、知ってる」

国吉はもちろん、周りの誰もが知っている。朝陽は昆虫が好きで、国吉のことはもっと好きだ。こんな告白じみたシーンさえ日常茶飯事で誰も驚かない。

だからこそ、朝陽が国吉に向ける「好き」という言葉が、友愛の意味ではなく恋愛感情を伴うものだと気づく者も、誰一人としていないのだった。

昼休みは連休中に見つけた昆虫について国吉と飽くことなく語り合おう、とわくわくしながら午前の講義を受けていた朝陽だったが、間の悪いことに二限目の終わりに教授に研究室までレポートを運ぶよう言いつけられてしまった。教授の名指しとあれば断ることもできない。及川たちと一足先に食堂へ向かった国吉を泣く泣く見送り、全速力で講義棟から研究室、学食へと駆け抜ける羽目になった。

長テーブルがずらりと並ぶ食堂に肩で息をしながら飛び込んだ朝陽は、テーブルを埋める大勢の生徒の中からものの数秒で国吉を見つけ出す。朝陽の目元がほころんだのも束の間、すぐにその目つきが鋭くなった。及川たちと一緒に食事をしている国吉の両隣りを、他の学部生だろう見覚えのない生徒が二人陣取っていたからだ。

朝陽はふらつく足でテーブルに近寄ると、国吉の正面に座っていた及川の背後に立つ。すぐに国吉が朝陽に気づいて「お疲れ」と笑みを向けてくれた。ねぎらいの言葉が嬉しくて頬を緩めてしまいそうになったが、国吉の両隣りにいる男子学生が視界に割り込んできて頬が硬くなった。目の前に料理の載ったトレイがあるのに、ほとんど食事に手もつけず夢中で国吉に話しかけている二人は一体誰だ。

「尾瀬、お疲れ。ここ座る？」

遅れて朝陽に気づいた及川が、ここ、と言いながら自分の座っている席を指さす。朝陽が無言で頷くと、半分ほど減ったカレーの皿を手にひょいと隣の席に移動してくれた。

同じテーブルには他の友人たちもいたが、誰も及川と朝陽のやり取りに言及しない。朝陽がいつだって国吉の隣か正面に座りたがることを全員理解しているからだ。下手に二人の席を離してしまうと、朝陽が大声で国吉に披露する昆虫うんちくを一緒に聞かなければいけないことも全員承知している。それくらいなら、最初から二人を相向かいか隣同士にして被害を最小限にとどめる方向で一致団結しているらしい。

乱暴な仕草で椅子に腰かけ、国吉の両脇をキープしている二人に恨みがましい視線を送っていると、カレーを食べていた及川が耳打ちしてくれた。

「国吉の隣にいるの、数学科の奴ら。なんか、テイラー展開とマクローリン展開のことで国吉と盛り上がってる。もうちょっと時間かかりそうだぞ」

「微積の話題に国吉は興味なんてないだろう」

苛ついた口調で朝陽は言うが、当の国吉は楽しげに数学科の二人に相槌を打っている。右側の男子生徒が「サインとコサインにおけるマクローリン展開の正当性はね」なんて語るのに難解そうな顔も見せず、任意の実数xに対して右辺の級数が収束して左辺と一致するとかなんとかさらりと返しているのだから恐ろしい。数学科の二人は「話が早い！」と鼻息を荒くしているが、朝陽には何を言っているのかさっぱりだ。

国吉は基本的に頭がいいし、知識の幅も広い。初対面の相手にも気負わず笑顔で話しかけられるあたり社交力もカンスト気味で、だから学部の違う相手とも問題なく会話が弾む。

国吉を独占している数学科の二人が羨ましくて悔しくて見ていられず、朝陽は財布だけ摑んで立ち上がると食券機へ向かった。

　こうなったら手早く食事を済ませて国吉たちの会話に割り込んでやろう。そんな算段を立て、スパゲティの盛りつけられた皿をガタガタいわせながらテーブルに戻ってみると、国吉の両脇を固めていた数学科の二人がいなくなっていた。と思ったら、もう新手が現れ国吉の両隣りを陣取っている。今度は男女のペアだ。

「次から次へと、今度は誰だ……！」

「映画研究会の人らしいよ」

　すでに食事を終えて携帯電話を弄っていた及川に教えられ、朝陽はぎりぎりと奥歯を噛みしめた。国吉たちは朝陽が聞いたこともない映画のタイトルを次々と列挙して楽しそうだ。八十年代の映画がどうとか、最近の邦画がどうとか盛り上がっていると、また別の男子生徒が国吉の近くにやってきて会話に加わった。飛び入り参加の男子は漫画研究会の人間らしく、マンガの実写化映画の話などしている。

　漫画研究会と映画研究会のメンバーは初対面のようだが、国吉が上手に会話を回してそれぞれの得意ジャンルに話題を振るので上手い具合に会話が弾む。その様子を凝視しながら朝陽がすさまじい勢いでスパゲティを口に運んでいると、及川が感心したように呟いた。

「さすが国吉。変人ホイホイの名は伊達《だて》じゃないな」

　変人ホイホイ。それは大学でついた国吉のあだ名だ。

国吉の周囲には、自分の好きなものに情熱を傾ける人間が集まりやすい。昆虫好きの朝陽を筆頭に、数学、映画、アニメ、はたまた筋トレ、料理、法律と、趣味や学問の垣根なく、何かに没頭した人間が国吉に群がり、己が情熱を語り尽くそうとする。

国吉の周りにそういう人物が集まるのは、まず国吉がとんでもなく人懐っこい男だからだ。大学の教室で隣に座った初対面の学生はもちろん、駅のホームで時刻表を見上げている老人や、公園でボールを蹴飛ばしてくる子供まで、老若男女を問わず国吉は率先して自分から声をかける。「この講義初めて？」「何か困ってますか？」「一緒に遊ぶ？」と感じのいい笑顔で話しかけてくる国吉を警戒する者はほとんどいない。

加えて国吉は無類の聞き上手だ。自分の知らない分野の話でも、国吉は決して不可解そうな顔をしない。興味深げに相槌を打ち、自分から「それってこういうこと？」と質問をしてきたりする。それどころか次に顔を合わせたとき「前に教えてもらった話、俺も自分で調べてみた」なんて笑顔で言ってくれるのだから、普段なかなか周りと会話が合わない変人たちは歓喜して、一発で国吉に懐いてしまうのだ。

そうだ、変人だ。

朝陽にだって自覚はある。朝っぱらから校内の茂みに潜《ひそ》んで昆虫を眺め、たまの連休は一人で山に登って昆虫の写真を山ほど撮り、帰宅後は黙々と昆虫図鑑をめくっている自分が変人でなくてなんだろう。話題はもっぱら虫のことで、流行にはめっぽう疎い。大学に入学したときだって、国吉がいつもそばにいてくれたから及川たちとも友達になれたのであって、そうでなければ周囲と共通の話題を見つけられぬまま孤立していただろう。

　自分の好きなものに没頭しすぎて日常生活に大なり小なり支障が出がちな変人たちに、国吉はとんでもなく慕われている。だから国吉がキャンパスを歩くと、他学部の同級生、先輩、ときには教授にまで呼び止められるのだ。おかげでちょっと目を離すとすぐ国吉を他の誰かにとられてしまう。

　食事を終えたはいいものの、なかなか国吉たちの会話に割り込むことができず苛々と奥歯を噛んでいると、及川に呆れ交じりの目を向けられた。

「尾瀬は本当に国吉のことが好きだな」

「当然だ！」

　朝陽たちの会話が耳に届いたのか、向かいに座っていた国吉がこちらを見た。朝陽と目が合うと、本当か？　とばかりに唇の端を上げて笑う。

　人懐っこくて、でも最近どこか表情に甘さを漂わせるようになった国吉に、朝陽はよほど言ってやりたくなる。片想いなら高校時代からだぞ、と。

　朝陽としては恋心を隠しているつもりもないのだが、国吉の周りには朝陽と同じような行動をとる変人が多すぎて、周りはもちろん、国吉本人も朝陽の想いには気づいていないようだった。現に及川も、「熱烈だなー」と笑うばかりだ。

国吉に好きだと告げ、本人含めて周りから流されるたびに、朝陽は不満と同じだけの安堵も覚える。過去に彼女がいた国吉は異性愛者で間違いなく、この恋が実る可能性などないに等しいことを思えば、こちらの想いに気づいてほしいような、そうでないような、どっちつかずな心境だ。

楽しそうにお喋りしてくれる国吉を見ているとたまに、国吉は自分を好きなのでは、と勘違いしそうになることがあるが、国吉はただただ興味の幅が広く、恐ろしくつき合いがいいだけの男だ。どんなに熱心にこちらの話に耳を傾けてくれても、それが自分に向けられた国吉の好感度と比例するわけではない。

そして国吉は、徹底的に来る者は拒まず、去る者は追わない。声をかけてくる相手は誰であれ大らかに受け入れるが、その相手が去っていくときは決して呼び止めない。自分と国吉が高校時代から一緒にいるのは朝陽が一方的に国吉を追い続けたからで、でなければ二人の縁などとうに途切れている。

それがわかっていたから、朝陽は高校を卒業したら国吉を諦めるつもりだった。報われるはずもない恋だ。敢えて避けなくとも、自分から国吉の志望大学を調べない限り互いの進路が重なることもないだろう。そう思っていたのに、なんの因果か国吉と朝陽はたまたま同じ大学を志望して、同じ学部に通うことになった。

諦めるきっかけを失ったか、と肩を落とした時期もあったが、今はもう、在学中は片想いを続行しようと開き直って日々国吉に好意をぶつけている。

目の前で、国吉はまだ映画とアニメの話に興じている。もう昼休みに国吉とゆっくり話をすることは諦め、朝陽はテーブルに頬杖をついて国吉の顔を眺めた。

国吉は話の聞き役に回ることが多いので、会話の最中もあまり口元が動かない。代わりに目元の表情が豊かだ。驚いたときは目を見開き、感心したときは眉を上げ、相槌を打つときには目尻に皺を寄せて、相手から決して視線を逸らさない。

聞いてるよ、と言葉より雄弁に語るあのまっすぐな目に、自分はすっかり捕らわれてしまった。

（優しそうな顔をして、カマキリのような男なのにな……）

わかっているのに離れられず、朝陽は昼休みが終わるまでの時間、飽きもせず国吉の顔を眺め続けた。


何かを好きになったきっかけを、はっきりと覚えている人は一体どれだけいるだろう。

少なくとも朝陽は覚えていない。物心ついた頃、それこそ幼稚園のときにはもう、園庭の隅でアリの行列を眺め、大きな石をひっくり返して虫を探していた。

ふと聞こえてきた水音に耳を澄ましてしまうように、あるいは鼻先を過《よぎ》った花の香りに足を止めてしまうように、視界の中で動く小さな昆虫に目を留めてしまう。小学校に上がると「まだ虫とか追いかけてんの？」と周囲から馬鹿にされることも増えたが構わなかった。人間より、昆虫の方が朝陽にとってはずっと大事で興味深かった。

空を飛ぶもの、地を這うもの、水に潜むもの。様々な場所に、姿形も生存戦略も違う虫たちがいる。日差しに透ける薄い翅、器用に動く小さな脚。赤に緑に紫と様々な色を持ち、朝陽の頭上を軽やかに飛び越え、指先をすり抜けていく虫たちは魅力的だった。

きっかけは小学五年生のときのことだ。初めて同じクラスになった男子生徒が朝陽と同類の虫好きで、朝陽とその生徒はあっという間に親友になった。

夏休みの自由研究は昆虫標本を提出しようと二人で約束して、始業式の日は宿題の漢字ドリルや計算ドリルと一緒に自作の昆虫標本を抱えて登校した。教室ではすでに親友が待ち構えていて、互いの標本を見せ合った。

昆虫の種類はどちらもそう変わらない。カブトムシにクワガタ、それから銀褐色に光るカナブン。オスとメスが交じって五匹から六匹。よくある昆虫標本だ。親友の標本もよくできていた。けれど、朝陽の標本とは比較にならなかった。

親友の作った標本は乾燥が間に合わなかったのか、まだ虫たちの周囲にピンがいくつも刺さっていた。木枠に並んだ虫たちは、小学生らしい乱雑さで列を乱している。

それに対し、朝陽の標本は虫の背中に刺した一本の細い針でぴたりと留まっているばかりか列の乱れもなく、一種偏執的なほどの几帳面さで整然と並んでいる。

虫を乾燥させる際、虫の周囲にまち針のような針を刺して各部位の角度を固定する展足《てんそく》という作業がある。その際に膨大な数の針を使って虫の脚や触覚の角度を調整した朝陽の標本はどれも完璧な左右対称で、これが小学生の作品かと見る者を圧倒するほどだった。親友の作ってきた標本のように、脚の取れている虫など当然ない。

朝陽としては昆虫標本の出来栄え自体にはあまり興味がなく、むしろ親友が捕ってきた虫の色や形に興味津々だったのだが、親友はすぐに自身の昆虫標本を引っ込めてしまった。見せて、と朝陽が頼んでも見せてくれず、最後はとうとう泣き出した。

朝陽には、親友が泣き出した理由がさっぱりわからなかった。そのうち他のクラスメイトが寄ってきて勝手な憶測を始め、最終的に朝陽が無理やり親友の昆虫標本を見ようとして壊した、という話になっていた。

根も葉もないことをまるで事実のように語られることにも驚いたが、親友が周囲に対して「それは違う」とはっきり言ってくれなかったことにはもっと驚いた。涙声で言葉を濁す親友をクラスメイトたちが慰め、最後は朝陽が悪者にされた。親友は昆虫標本を持ち帰り、翌日は紙粘土で作った貯金箱を持ってきて夏休みの自由研究として提出していた。

その日を境に親友は一切朝陽に話しかけてこなくなり、クラスメイトの朝陽に対する風当たりも強くなった。もともと、口を開けば虫の話ばかりする朝陽はクラスから浮いていて、今回の事件がきっかけでわかりやすくクラスの除け者にされるようになった。

虫なんて気持ち悪い。虫が好きなお前も気持ち悪い、と心ない言葉を浴びせられ、それ以来朝陽はぱったりと人前で虫の話をしなくなった。

虫が好きで、それ以外の趣味などないに等しい朝陽が虫の話題を封じられたら、もう何を喋ればいいのかわからない。その後もクラスメイトとは必要最低限の会話しかしないまま小学校を卒業し、中学も翅の破れた鈴虫のように沈黙して学校へ通った。

高校に入学しても教室に居場所を見つけられず、昼休みは校舎の裏で一人花壇に腰かけて弁当を食べた。花のない花壇の周りにはあまり人が来なかったが、代わりにたくさんの虫がいた。アリやハチやクモを眺め、高校最初の一年は過ぎていった。

国吉と同じクラスになったのは二年生のときだ。新年度が始まり、一年のときと同じく校舎裏の花壇で弁当を食べていたら、猫のような気まぐれさでふらりと国吉がやってきた。

その時点では、朝陽はまだ国吉と言葉を交わしたことがなかった。当時朝陽が国吉に抱いていた印象は、いかにも高校生活を満喫しているリア充だ。休み時間になると国吉を中心に人の輪ができるし、教室移動のときも自然と国吉の周りに人が寄ってくる。女子から声がかかることも多く、男女隔てなく周囲と打ち解けている様子だった。

そんな国吉の出現を、朝陽は歓迎するよりも警戒した。小学生のとき、朝陽が教室で読んでいた虫の図鑑を取り上げてからかってきたのは、いつも教室の中心にいた生徒だったからだ。

身を固くする朝陽に国吉は、「いつもここで弁当広げてるの？」と親しげに声をかけてきた。ぎこちなく頷き返せば「いい場所知ってるね」と笑いかけられ、それ以上の詮索もなく去っていってしまう。難癖つけられずに済んだと胸を撫で下ろしたのも束の間、次の日から国吉は自分も弁当箱を持参して昼休みに校舎裏へ来るようになった。

困惑する朝陽をよそに、国吉は昼休みの間ずっと朝陽の隣に座って話しかけてきた。

しかしその頃の朝陽は虫に関する話題を自分に禁じていたため、ろくに会話が成立しない。一向に話も弾まないのに国吉は気にしたふうもなく、そのうち教室にいるときや授業中まで朝陽に声をかけてくるようになった。

「それ、見てて面白い？」

体育の時間の後、校庭の隅を歩くアリを眺めていたら国吉に声をかけられ、「面白い」と即答してから後悔した。アリの何が面白いのだと、小学校のクラスメイトたちのように国吉も馬鹿にしてくるのではないかと思ったからだ。

けれど国吉は笑わなかった。朝陽と一緒にアリを眺め、真剣な顔でこんなことを言う。

「前々から思ってたんだけど、たまに変な場所に一匹だけアリがいることあるだろ？　教室の中とか、喫茶店の窓際とか。どこから紛れ込んでくるんだろう」

虫の話題だ。思った途端、体の底からサイダーの泡が上って弾けるような高揚を感じた。

しかしここで夢中になって虫の話などしてしまったら小学校時代の二の舞だ。朝陽は慎重に言葉を選び、なるべく抑えた口調で答えた。

「人間の体に上ったか何かして、うっかり巣から離れた場所まで運ばれたんだろう」

「ああ、そうか。人間に乗って移動するのか。バスの中でアリを見つけたときとか、こいつどこまで行くんだろうって気になっちゃってさ。自力じゃ絶対元の場所まで戻れないだろうけど、よその巣に再就職とかできるのかな。同じ種類のアリなら受け入れてくれるとか？」

　国吉の横顔に目を向けてしまったのは、朝陽も子供の頃にバスの中でアリを見かけて、まったく同じことを考えたことがあったからだ。

「……同じ種類のアリであっても、よその巣からやってきた個体は敵とみなされて排除されることがほとんどだ」

　国吉はこちらを向いて、へぇ、と目を見開く。

「アリに詳しいんだ。じゃあ、アリは絶対他の巣に再就職できない？」

「絶対、というわけじゃない。ごくまれに、違う巣で働き始めるアリもいるらしい」

「違う巣から来た奴だってどうやって見分けるんだろう。見た目が違うとか？」

「アリの目は退化してるから、外見で判断するわけじゃない。ワックスの成分で判断するんだ。昆虫の体は様々な種類の、揮発性の低い油分で覆われているから……」

こんな話興味もないだろうと思いきや、国吉は好奇心旺盛な子供のように目を見開いて朝陽の方に身を寄せてきた。

「そういえば虫ってなんか体がつやっとしてるけど、油でコーティングされてたのか。その種類で仲間かどうか見分けるのかな。あ、目は見えないんだから匂いで嗅ぎ分けるってこと？　体臭みたいなものか」

興味深い話を聞いた、と言わんばかりの国吉の態度に面食らった。

朝陽が昆虫好きとわかると、国吉は自ら朝陽に昆虫の話題を持ち掛けるようになった。朝陽が偏《かたよ》った知識を披露しても一向に怯《ひる》まず、それどころか楽しそうに話の先をねだってくる。そうなると朝陽も興が乗ってきて、校舎裏だけでなく教室でも国吉と虫の話をするようになった。

だが、国吉はクラスの中心的存在だ。国吉が楽しそうにお喋りをしていると他のクラスメイトもなんの話だと集まってきてしまうので気が気でない。

虫好きがばれて、いつかのように周囲からの嘲笑に晒されるのはごめんだった。虫が好きだなんて気持ち悪い、とクラスメイトから言われたときの、心臓に直接冷水を浴びせかけられるような思いはまだ記憶に生々しい。自分だけでなく自分の好きなものまで否定され、もう二度と大事なものを他人の目に晒すまいとあのとき誓ったはずだ。それなのに、国吉があまりに楽しそうに虫の話に耳を傾けてくれるものだから、つい気が緩んだ。

だから夏休みが始まる前に、朝陽は恥を忍んで小学生のときのトラブルについて国吉に打ち明けた。もう同じ轍《てつ》は踏みたくないから、教室では虫の話を持ち掛けてくるのをやめてほしい、と。

神妙な顔で朝陽の話を聞いていた国吉は、納得できない様子でこう言い返してきた。

「俺は朝陽の話、面白いと思う。虫好きだって隠す必要なんてない」

あのとき、初めて国吉に下の名前で呼ばれてひどくうろたえたことを覚えている。急に間合いを詰められたようで動転した朝陽は、強い口調でこう返した。

「そんなふうに言えるのは最初だけだ！　本当に俺が朝から晩まで昆虫の話なんてしてみろ、お前だってうんざりするに決まってる！」

「しない」

短い言葉にかつてない鋭さを感じて朝陽は口をつぐむ。国吉はひどく険しい表情をしていて、これは怒らせたか、と怯んだが、国吉の言葉には続きがあった。

「しないよ。俺は朝陽の話が好きだから、うんざりなんかしない。もしも小学生のときにお前と同じクラスだったら、他の連中なんて絶対に黙らせてる」

怒ったような声は、かつての朝陽のクラスメイトたちに向けられたものだ。

唐突に、朝陽は小学校の教室を思い出す。味方になってくれる人が誰もいなかった教室は、実際以上に広く感じてひどく居心地が悪かった。

遠巻きに自分を見詰めるクラスメイト。喋っている内容は聞き取れないのにはっきりと耳に触れる笑い声。記憶の中の冷え冷えとした空間に、ふいに国吉の姿が紛れ込む。

現実に、あの教室に国吉はいなかった。でもいてくれたら、こんなふうに朝陽を庇《かば》って、俯《うつむ》く朝陽に「俺は朝陽の話が好きだよ」と言ってくれたかもしれない。

国吉が差し出してくれたのは、あの当時の朝陽が欲しかった言葉だ。

胸の奥で長らく凍りついていたものがゆっくりと溶けるような、そんな感覚に呑《の》まれてすぐには声も出なかった。

俯いた朝陽に、国吉は大人びて優しい声で言った。

「タイムマシンには乗れないけど、今から確かめることならできる。もしもうちのクラスに朝陽をからかう奴がいたら、俺が黙らせるよ」

「……お前にそんなことできるのか」

「できる。こう見えていろんな奴らの弱みは握ってるから」

冗談めかして国吉が言うので、朝陽も小さく笑ってしまった。笑いながら、胸の深いところまで国吉の存在を受け入れてしまったことを悟った。

翌日から、朝陽は虫好きを隠すことをやめた。小学生の頃から長年押し殺していた欲求を解放するように、クラスメイトたちの耳目《じもく》も気にせずのびのびと虫について語った。

さすがの国吉もうんざりするのでは、と心配したのは最初だけで、数日が過ぎ、数週間が過ぎても国吉は楽しそうに相槌を打ってくれるので、そのうち朝陽も遠慮を忘れた。

一か月も経つ頃、教室内に朝陽が想像もしていなかった変化が生じた。

「尾瀬って虫のこと喋ってるときめちゃくちゃ早口になって面白いな」

「滑舌《かつぜつ》いいから、プロレスとか競馬の実況中継みたいだし」

そう言って、朝陽の昆虫語りを面白がるクラスメイトたちが現れ始めたのだ。

「文化祭で昆虫相撲の実況とかやったら面白いんじゃないか？」

誰かが思いつきのように口にした言葉に、真っ先に反応したのは国吉だった。面白そうだ、やってみよう、と前のめりになって、当の朝陽が承諾する前から生物部に話をつけ、抵抗する朝陽を口説き落としにかかってきた。

「生物部の奴ら、朝陽のこと話したら面白そうだから全面的に協力するって。俺も朝陽の昆虫実況が聞いてみたい。絶対面白い。一緒にやろう」

その後はもう、なし崩しだ。

国吉は幅広い人脈を辿り、まごまごしている朝陽の脇をどんどん固めていってしまう。プロレスファンの先輩に盛り上がりそうな実況を教えてもらおう、放送部に発声練習を手伝ってもらおう、昆虫の動きは読めないから事前に試合の様子はビデオで撮っておこう、カメラのことなら映画研究部の出番だ、と身軽に方々へ交渉に出向く。

気がつけばお膳立てはすっかり済んでいて、その年の夏、朝陽は生物室に集まった生徒や保護者の前で、ほとんどやけくそのように昆虫相撲の実況を行った。

先に撮影しておいた映像をテレビで流しつつ、教室から持ってきた机と椅子に着いて実況を行う。隣には国吉も座り、実況とも解説ともつかない合いの手を挟むスタイルだ。

『さて始まりました第一回昆虫相撲、実況は二年一組尾瀬が担当いたします。第一試合はオオクワガタ対コクワガタ。その名が示す通り、両者体格にかなりの差があります』

『同じく二年一組の国吉です。今回参戦した虫たちは、私と尾瀬さんが近くの雑木林からスカウトしてきた猛者《もさ》たちです。夏休み中、朝四時に待ち合わせをしてスカウト活動に奔走しました。ちなみに尾瀬さん、オオクワガタとコクワガタの見分け方は大きさの他にあるんでしょうか？』

『大きさ以外の違いだと寿命ですね。コクワガタの寿命が一年程度なのに対して、オオクワガタは三年ほど生きます。最長では七年という情報もありますし』

『何年か飼ってみないとわからないわけですね。なかなか気の長い話です』

『ちなみに我が家で買っているオオクワガタは今年で四歳になります』

『え、だったらわざわざ四時起きして虫探しに行く必要なかったんじゃ――』

『あっとここでコクワガタが動きました！　小さな体で果敢に角をぶつけ、強気にブレインバスターを仕掛けていきます！　オオクワガタこらえる、こらえる、こらえるが――』

『投げた！』

『投げました、コクワガタが投げた‼　重量差をものともせず、コクワガタがオオクワガタを投げ飛ばして第一試合コクワガタの勝利――！』

という塩梅《あんばい》で思いがけず朝陽と国吉の実況にも熱が入り、冷やかし半分で見に来ていた生徒たちも最後は総立ちで声援を送って、第一回昆虫相撲は盛況のうちに幕を閉じた。

文化祭が終わると朝陽の虫好きは教室内で公認になり、クラスメイトが気さくに朝陽に声をかけてくれるようになった。国吉も変わらず朝陽の虫話に耳を傾けてくれる。思えばあの時期が一番充実した学生生活を送れていたかもしれない。

だが国吉と長く一緒に過ごすうちに、朝陽はそれまで見えていなかった事実と直面せざるを得なくなる。

国吉の周りには、自分と同じように偏った趣味や知識を持つ者が多く集まってくる。そして国吉は、どんな相手とでも楽しげにお喋りができてしまうのだ。

――自分だけじゃないんだ、と気がついたときの、胸の底が抜けるような気持ちは今も忘れられない。

国吉と連日虫の話に花を咲かせ、すっかり満たされたと思っていた心が急速にしぼんで、そこにあったはずの温かな感情が冷えていく。もう以前のように教室の隅で一人過ごすことはなくなったというのに、自分以外の誰かと国吉がお喋りに興じているのを見ると、前よりずっと胸がすかすかした。

あんなに朝陽の話に熱心に耳を傾け、文化祭前はその準備にも奔走してくれたのに、国吉にとってそれは特別なことでもなんでもなく、他の誰かにも同じようなことをやっている。国吉との距離が近づくほどにその事実を目の当たりにして、苦しくなった。

どうしてこんな気分になるのかわからず、答えを求めるべく四六時中国吉を目で追うようになっていたときにはもう、胸にしっかりとした恋心が根を張っていたのだと思う。

そうして三年に進級し、クラス替えで国吉と別々のクラスになると、互いに話をする機会はぱたりとなくなってしまった。

国吉のいない教室は、まるで生き物のいない水槽のようだった。実際にはたくさんの生徒が笑い、さざめいているのに、それらはすべて水の泡立つ音に似て朝陽の耳を素通りする。

国吉のいない場所で国吉のことばかり考えている朝陽とは反対に、国吉は朝陽のことなどもう頭の片隅にもない様子で、去年の今頃朝陽に向けていたのと同じ笑顔を別のクラスメイトに向けている。それでいて朝陽が国吉の教室を訪ねれば、数日間のブランクなど感じさせない態度と笑顔で朝陽にも接してくるのだ。

まるでカマキリだ、と思った。

カマキリは、目の前で動いているものを餌とみなす。だから飼育には生きたコオロギなどの生餌を使うことが多い。

国吉も、カマキリと同じく目の前で動いている人間には関心を示すが、一度視界から相手が消えた瞬間、その存在を忘れてしまう。そう理解してから、朝陽はクラスの違う国吉のもとに足しげく通うようになった。

視界から消えたら忘れられてしまう。でも他の誰より長く国吉の目に映り続けたら何か変わるのではないか。変わってほしい、変えたい。他の誰かと一緒くたにせず、自分だけを国吉の特別にしてほしい。

高校卒業を機に諦めるつもりが今も傍《かたわ》らには国吉がいて、手を伸ばせば触れることができる、声をかければ視線がこちらを向く。だからつい、もっとこっちを見てほしいと願う気持ちが切実になる。想いは日増しに募っていく。

決して鎌を振り上げない温厚なカマキリの前で必死に羽ばたく蝶のごとく、朝陽はもう何年も前から国吉の視線を引こうと必死になっているのだった。

二年の必修科目である材料力学演習では、講義の最後に必ず演習問題のプリントが配布される。プリントを提出した者から教室を出ていいことになっているのだが、朝陽や及川は最後まで机にかじりついてうんうん唸ることになる。それに比べて国吉は、かなり早い段階でプリントを提出して朝陽たちを待っているのが常だった。

先にプリントを提出した他の友人も朝陽たちを待って近くの席で待機している中、誰かがふとこんな言葉を漏らした。

「国吉って女子慣れしてるっていうか、よく女子と喋ってるけど、彼女いるの？」

ペンを動かす朝陽の手が止まった。すぐに国吉が「いないよ」と返して、朝陽はホッと胸を撫で下ろす。

朝陽の知る限り、大学生になってから国吉が恋人を作った様子はないが、高校時代は確か彼女が三人はいたはずだ。しかしどのつき合いも長く続かず、国吉はよく「俺あんまり恋愛に向いてないみたいだ」とこぼしていた。

今も国吉は友人たちに、高校時代と同じセリフを口にしている。

「俺、あんまり恋愛に向いてないみたいだから」

「つき合ってもすぐ相手に飽きちゃうとか？」

「そんなわけないだろ。でも、なんだろうな、上手くいかない。それに高校のときにちょっと痛い目に遭って……」

周りの友人たちが「修羅場か？」「浮気がばれた？」などと身を乗り出してきて、国吉は苦く笑った。

「浮気も二股もしてない。ただ、自分の性格じゃ恋愛は難しいなって実感しただけで。ほら朝陽、そろそろ本気出さないと次の講義遅れるぞ」

国吉にプリントの隅をつつかれ、朝陽は慌てて問題に戻る。国吉の言う痛い目とやらがどんなことなのか気になったが、講義の終了時間が近づいているのは事実だ。朝陽は及川と一緒になんとかかんとか演習問題を解き終え、滑り込みでプリントを提出した。

次の講義は選択科目だ。学べるものはなんだって学んでやろうと可能な限り講義を詰め込んでいる朝陽とは対照的に、国吉は必要最低限の単位しかとっていない。今日の講義はこれで終わりらしく、教室を出ると朝陽たちに手を振って帰ってしまった。

「そんなに切ない目で見詰められたら国吉も帰りにくいだろ」

国吉の後ろ姿を名残惜しく見送っていると、朝陽と同じく次の講義を履修している及川に脇を小突かれた。朝陽は遠ざかる国吉の背に目を向けたまま溜息をつく。

「見詰めるくらいで国吉が足を止めてくれるなら安いもんだ」

「国吉も罪な奴だなぁ。男も女も夢中にさせて。映画研究会の女子、絶対国吉に気があるだろ。いいなぁ、俺も彼女欲しい。理工学部とか来るんじゃなかった、女子少なすぎる」

周りの友人たちも、だよな、少ない、と及川に同意する。

「でもさ、いつも前の席で固まって講義受けてる女子いるじゃん。あの子たち感じいいし、及川今度話しかけてみれば？」

「話しかけるネタがねぇよ。俺、国吉みたいに恐ろしく話題の幅が広いわけでもないし、最近はまってるパズルゲームの話くらいしかできないけど」

「国吉を引き合いに出したら駄目だろ。話題の引き出しが多すぎる」

「じゃあ国吉に頼んで……でも国吉、本当のところ彼女いるだろ？　彼女に悪いか？」

なんの深刻さもなく、消しゴムでも放り投げるような口調で放たれた言葉に朝陽は足を止めかける。声の主は及川だ。緩んだ歩調を再び速め、朝陽は及川の肩を強く掴んだ。

「なんだそれは、どこでそんな情報を仕入れてきた？」

「え、うわ、尾瀬、目が血走ってて怖い」

「どうして国吉に彼女がいると思った？　何か見たのか？」

朝陽の剣幕に気圧《けお》されたのか、及川は慌てたように首を横に振った。

「違う、別に何も見てないけど、なんか最近国吉つき合い悪いと思わない？」

「わからん。具体的にどういうときだ？」

及川は近くにいた友人たちと顔を見合わせ、なぜか納得したような顔になった。

「尾瀬はマジでぎりぎり一杯まで講義とってるし、帰りも遅いから国吉と帰ることあんまりないか。俺らは結構国吉と帰る機会多いからさ、夕飯とかよく一緒に食ってたんだよ」

「……そうなのか？」

「いや、だから、顔怖い。仕方ないじゃん！　お前は講義でいないんだから！　でも最近ちょいちょい断られるから、これはもしかしたら彼女でもできたんじゃないかな〜、なんてみんなで話してたんだけど。尾瀬、本人から何か聞いてない？」

朝陽は廊下のど真ん中で立ち尽くす。すぐ及川たちが「こらこら、周りの邪魔になるだろ」と朝陽の腕を引いて歩き出したが、抗《あらが》う余裕もない。

（……国吉に、彼女？）

そんな話は聞いていない。だが、国吉が朝陽にそれを報告する義理もない。

衝動的に、国吉を追いかけたい、と思った。

追いかけて、確かめたい。本当に彼女ができたのかどうか。

高校時代、国吉が突然同じクラスの女子と手をつないで登校してきた日の記憶が蘇《よみがえ》って息が浅くなる。クラスメイトと男女隔てなく親しくしていた国吉なので、いつの間に二人がそんな雰囲気になっていたのか当時の朝陽にはちっともわからなかった。

あのときは、包丁で心臓をめった刺しにされるような胸の痛みに息すら止まった。一年生の時、国吉には彼女がいたと噂では聞いていたが、実際その光景を目にした衝撃は想像以上だった。

国吉の傍らに特別な誰かがいるという事実。そして、同性である以上自分が国吉に選ばれることはないのだという揺るぎのない現実に、どれほど打ちのめされたことだろう。

当時のように、なんの前触れもなく国吉と彼女が肩を並べて歩く姿を目の当たりにして過剰にショックを受けるのだけは避けたい。

（……講義が終わったら、国吉の家に行ってみようか）

朝陽と同じく国吉も実家から大学に通っていて、互いの家は三駅ほどしか離れていない。だが、本当に彼女はいないのかと尋ねるためだけに国吉の家まで押し掛けるのはさすがにやりすぎか。明日も学校はあるのだし、一日くらい待ってもいい。

（そうだ、家まで押し掛けるなんて、ストーカーでもあるまいし）

朝陽は口の中でぶつぶつ喋りながら廊下を歩く。自分は断じてストーカーではない、と呟いた声は幸い及川たちの耳には届かず、朝陽は及川に背中を押されるようにして次の講義が行われる教室に足を踏み入れた。

――自分は断じてストーカーではない。

数時間前に呟いた自分の言葉を思い出し、朝陽は沈痛な面持《おもも》ちでこめかみを押さえた。講義が終わるやまっすぐ自宅に戻ったはずなのに、どうして自分はここにいるのか。

ここはつまり、国吉の自宅前だ。

夕食を終えた後、ふらりと家を出たのは決して国吉の家を訪ねるためではなく、新しい消しゴムをコンビニで買うためだった。だというのにうっかり電車に乗り込んでしまったのは、魔が差したとしか言いようがない。

魔が差したのにはわけがある。家を出るとき、朝陽は携帯電話から国吉にメッセージを送った。恋人に関して探りだけでも入れられないかと思ったからだ。それなのに、国吉からは返事がないどころかメッセージに既読もつかない。

家から一番近いコンビニに到着しても国吉からの返事はなく、さらに進んで次のコンビニに至っても無反応、駅前のコンビニまでやって来たがやっぱり返信はない。

国吉は基本的にメッセージの反応が素早く、着信を見逃すことも滅多にない。それだけにいてもたってもいられなくなり、衝動のまま電車へ飛び乗った次第だ。

そんな経緯で国吉の家の前にいるわけだが、それでもなお、ストーカーではない、と朝陽は胸の中で繰り返す。なぜならここは国吉の実家であると同時に、参拝客に広く門を開けた神社だからだ。

朝陽の目の前に立つのはどっしりとした石の鳥居で、その先には長々と石階段が続いている。階段の向こうには朱色の神門があり、夜が更けても開け放たれたままだ。

ここは国吉神社。国吉の父親が宮司《ぐうじ》を務め、いずれ国吉が継ぐであろう神社だ。

神社の背後には山がそびえている。木々が鬱蒼と茂る山と境内《けいだい》の周囲には幅三メートルほどの深い堀があり、とても飛び越えられるものではない。堀の内側に入るには、神社の正面にかかった小さな橋を渡るしかない。

山には拝殿の裏側に回れば登ることができるが、朝陽はまだ一度も山に足を踏み入れたことがない。いかにも虫が多そうで魅力的な場所だが、山の入り口には常にしめ縄がかけられており、さすがの朝陽も神域に無闇やたらと足を踏み入れるのはためらわれた。

国吉たちが住んでいる母屋は境内の一角にある。家は竹垣に囲われているため直接見ることはできないが、国吉の部屋から漏れ出る光を確認することは可能だ。

朝陽はひとつ深呼吸をして、ゆっくりと目の前の階段を上り始めた。

国吉の自宅の呼び鈴を押す度胸はないが、自宅近くまで行けば多少は気も済むだろう。ついでに参拝もしていこう。むしろ参拝がメインということにしよう。国吉神社は縁結びで有名だ。境内にある御神木には、両手で触れて良縁祈願をすれば意中の相手と結ばれるという逸話《いつわ》もある。

国吉の動向を窺いに来たのではない。参拝に来たのだと誰にともなく言い訳をして、朝陽は階段の上の神門の前で一礼をした。

神門の向こうには石畳の参道が伸びている。左右には石灯籠と小さな社務所があるが、時間が時間なのですっかり明かりは落ちていた。

境内の向こうに、竹垣に囲われた国吉の自宅が見える。あの明かりの下に国吉がいると決まったわけではないが、きっといるはずだ、と思い込んで自分を宥めた。

薄暗い参道を歩いて拝殿の前に立つと、鈴は鳴らさず控えめに手を打って参拝した。ついでなので、境内の隅にある御神木にも足を向ける。

御神木は神聖なものだ。参拝客は触れることを禁じられている場合が多いのだが、この神社はむしろ積極的に御神木に触れるよう参拝客に勧めている。

地面を波打たせる木の根を踏まぬよう用心しつつ、月明かりを頼りに御神木に近づく。朝陽が幹に両腕を回しても到底囲いきれぬほど大きな木だ。ごつごつとした木の幹に両手を置いて、朝陽は手の甲にそっと額を押し当てた。

目を閉じて、溜息をつく。自分でもどうかしている自覚はあった。友人たちの言葉一つで情けないくらい動揺して、国吉からの返信がないだけで他のことが手につかなくなって、非常識だとわかっていながら国吉の自宅を訪ねてしまう。こんなの普通ではない。

国吉を好きになってから、この普通でない状態がずっと続いている。もはや異常が通常に取って代わりつつある状況だ。

(国吉を好きだと思うこの気持ちは、一体どこから湧いてくるんだろう)

我ながら不思議だ。たった一人の相手に、どうしてこんなにこだわってしまうのか。

国吉に恋をするまで自分を異性愛者だと思っていた朝陽は、これまでに何度も国吉を諦めようとした。自分が同性に恋をする少数派であることを認めたくなくて、周りのみんながやっているような普通の恋をしようと努力したこともある。

でもいつだって、国吉の顔を見ると直前まであれこれ悩んでいたことが些末な事柄になり下がってしまうのだ。

毎日毎日、国吉のそばにいると新鮮に胸がときめいた。虫の話しかできない自分とも国吉は本当に楽しそうにお喋りをしてくれて、いつもあっという間に時間が過ぎてしまう。

何時間一緒に過ごしても、声がかれるほど喋り倒した直後でも、別れ際はいつだって物足りなくて淋しかった。

国吉のことを想って苦しい溜息をついていると、玉砂利を踏む微かな音が耳を掠めた。

朝陽は目を開けると、御神木の裏からひょいと顔を出して拝殿に視線を向ける。もう夜の九時近いこんな時間に、自分の他にも参拝客がやって来たのか。

境内にはほとんど明かりがない上に、拝殿から御神木までは数メートルの距離があるのでよく見えないが、拝殿の前に誰かいるようだ。先程の朝陽と同じく鈴は鳴らさず、拝殿に向かって深く頭を下げている。白いシャツを着た、背の高い男性だ。

（……国吉じゃないか？）

顔こそ見えなかったが、こちらに背を向けて歩き出したその動きに見覚えがあった。

小学生の頃、教室の虫かごで飼われていた鈴虫十匹を、それぞれの声と跳ね方で正確に区別していた朝陽である。歩き方一つ見ればそれが国吉か否か判断するのは容易《たやす》かった。

国吉の姿が拝殿の裏に消え、朝陽はそっと御神木を離れた。

とりあえず、自宅に国吉がいたことは確認できたのだし、このまま回れ右して帰るべきだ。そうすれば、こんな夜分に自宅まで押し掛けてきたことが国吉にばれずに済む。

頭ではそう理解できるのに、国吉の後ろ姿を見てしまったらもう駄目だ。目の前を美しい蝶が横切ったときに似て、追いかけずにはいられない。

捕まえられなくても見ていたい。離れがたい。見失うまでは追いかけたい。走って、追いかけて、もうどう足掻いても手の届かない空の高いところへ飛んでいく蝶をぼんやり眺めてようやく満足できる。子供の頃からそうだった。

朝陽は国吉を追って拝殿の後ろへ向かう。拝殿の裏に植えられた太い木々の間を歩けば、その先の闇に忽然と、木と木の間に渡された白いしめ縄が現れる。ここが山の入り口だ。

国吉の姿はすでにないが、朝陽の腰の高さに張られたしめ縄が風もないのに揺れている。その前に立った朝陽は、人ひとりようやく通れるくらいの細い山道に目を凝らした。山の中は鬱蒼と暗く国吉の姿も見えなかったが、木々の合間でふわっと白いシャツの裾が翻った気がして身を乗り出した。

部外者の侵入を拒むように腰の辺りでしめ縄が揺れる。一瞬躊躇《ちゅうちょ》したものの、朝陽は思い切ってしめ縄を摑んだ。以前この場所で国吉と交わした会話を思い出したからだ。

大学受験の直前にこの神社へ初詣《はつもうで》に来たとき、たまたま境内で顔を合わせた国吉に、「いつか裏の山に入ってみたい」と告げたことがある。あのとき国吉は、「今から入ってみる？」と軽い口調で返してきた。受験勉強の合間に抜け出してきていたので断ったが、あの様子を見るに一般人の入山を固く禁じているわけではないのだろう。

迷いを振り切り山に入ると、ぐっと辺りが暗くなった。境内では月明かりがあったのでまだよかったが、山道は黒いカーテンを下ろしたように真っ暗で、足元を確かめながら歩かないとあっという間に道を外れてしまいそうだ。

「く……国吉……？」

緩い山道を登りながら国吉を呼んでみるが、声は目の前の分厚い闇に吸い込まれてしまう。しばらく歩いてもなかなか暗闇に目が慣れない。

山道はなだらかだったが、歩き続けるうちに息が乱れ、国吉を呼ぶ声も小さくなった。引き返すべきか。でも一目だけ国吉の姿が見たい。

蝶ならば、視界から消えてしまえばそれで諦められる。でも国吉はどうだろう。

朝陽は漠然と、自分が国吉を諦められる日がくるとしたらそれは国吉の結婚式の日だろうと思っていた。彼女ができたくらいでは駄目だ。友人として式に呼ばれ、二次会にも出席して、国吉とその伴侶が会の終わりにタクシーに乗り込む姿を見送って、ようやく本当に国吉を諦められる。そんな気がしていた。

朝陽は山道を歩きながら、蝶が消えた木々の間を眺めるように、二人の乗ったタクシーがビルの間を走り去る様を想像してみる。闇は人間の想像力を倍増させる力でもあるのか、これまで何度も思い描いてきたはずの光景がかつてなく鮮明に浮かんで胸を押し潰された。

（……本当に、諦められるんだろうか）

だんだん足が鈍ってきて、朝陽はとうとう立ち止まって近くの木に手をついた。

国吉は自分を振り返らないし、選ばない。わかっていてもなお好きだ。胸から溢れる感情を押しとどめることができない。なんて報われないのだろう。

いっそこんな感情、綺麗に取り払うことができたら楽なのに。

はあ、と大きく息をついたそのとき、首の後ろを何かが掠めた。

花びらでも落ちてきたような柔らかな感触に驚いて、朝陽は首裏を掌《てのひら》で押さえて振り返る。目の端を白いものが過った。国吉のシャツかと思ったが、それにしては位置が高い。

朝陽の目線よりずっと上、密に重なる木の枝の間をひらりと舞ったのは、白い蝶だ。

闇の中に光が灯るように突然現れた蝶を、朝陽は呼吸も忘れて目で追った。

（ルリシジミ……じゃない、翅の内側も真っ白だ。それに紋がない。キナミシロヒメシャクにも似てるが、あれは蝶ではなくて蛾だし……）

木の幹に止まったときに翅を畳んだので蝶であることは間違いない。しかし見たことのない蝶だ。翅は小振りで、模様の類は一切ない。色は白だが、見る角度によって青みを帯びているようにも、淡く紫がかっているようにも見える。夜の海から引き揚げた真珠を砕いたような色だ。

木の幹から離れた蝶は、上下にはたはたと羽ばたいて森の奥へと飛んでいく。名前もわからない美しい蝶に心奪われ、朝陽は道を外れて蝶を追いかけた。

暗闇の中で白い蝶はひと際目立ち、見失ったと思ってもすぐに枝葉の陰から白い翅が現れる。追いかけるうち、朝陽は信じられないことに気がついた。

（あの蝶……光ってないか？）

単に白いから目立つわけではない。蓄光塗料でも塗られたように、蝶は淡く光っている。自然界にも光る生き物はいる。ホタルはもちろん、海にはウミホタルやホタルイカがいるし、ヒカリゴケという植物もある。だから光る蝶だってあり得なくはないのだが、朝陽はかつてそんな蝶を見たことがなかった。

足元も見ずに蝶を追いかけていたら、木の根に足を引っかけた。

勢いよく地面に倒れ込んでしたたかに膝を打ったが、痛みを気にする余裕もない。湿った落ち葉に手をついて起き上がる。一瞬見失った隙に蝶はずいぶん遠くを飛んでいて、朝陽は立ち上がるや全力で走って蝶を追いかけた。

闇の中、木の幹にぶつかり、濡れた葉で足を滑らせ、小枝に腕を取られながら走っていると、木々の向こうに明かりが見えた。

あの明るさからして電気の光か。山の中腹に小屋でも建っているのかもしれない。

白い蝶は迷うことなく光の方へ飛んでいく。朝陽も目の前を覆う枝葉を掻き分けて光のもとへ飛び出し、絶句した。

そこは十坪ほどの開けた場所だった。木々は切り拓かれ、地面も綺麗に踏み固められて、中央には幹の太い木が一本だけ植えられている。

朝陽の視線を釘づけにしたのは広場の中央に立つ木だ。その周囲に、朝陽が追いかけていたのと同じ白い蝶が群がって飛んでいる。

一体何十羽いるのだろう。音もたてず木の周りを飛び交う蝶は、やはり白く発光していた。電気がついていると思ったのは、この蝶たちが発する光だったようだ。

（本当に、光ってる……？）

蝶の群がる木に目を凝らすと、木の枝に何かぶら下がっているのが見えた。丸い、木桶だろうか。中に何か入っているらしく、蝶たちは桶の縁に止まったり、中で翅を休めたりしている。

中身は蝶の餌か。近づいてみようとしたそのとき、後ろからいきなり肩を摑まれた。

あわや悲鳴を上げるところだった。寸前で踏みとどまったのは、耳元で聞き慣れた声がしたからだ。

「朝陽が無類の虫好きなのは知ってたけど、こんなところまで来ちゃうのか」

国吉の声だ。わかった瞬間振り返り、朝陽は国吉の腕を摑んで勢いよく広場を指さした。

あの蝶はなんだ、飼っているのか、近づいていいかと尋ねたいのだが、興奮してしまって声が出ない。言葉で訴える代わりにぐいぐいと国吉の腕を引いて蝶の近くに行こうとすると、逆に国吉に肩を摑まれ広場から引きずり出されてしまった。

再び木々の生い茂る山の中に戻った朝陽は不満も露わに国吉を見上げる。子供じみたその顔を見下ろし、国吉は窘めるような低い声で言った。

「あの蝶にはあまり近づかない方がいい。心を食われるから」

珍しい蝶にすっかり夢中になっていた朝陽の目が、ようやく目の前に立つ国吉にピントを合わせた。少し遅れて国吉の言葉も頭にしみ込んできて、朝陽は首を傾げる。

「食われる……？　心を奪われる、の間違いじゃないか？」

あれほど美しい蝶だ。目も心も奪われるのは当然だろうと思ったが、国吉はゆっくりと首を横に振った。

「食われるんだ。あの蝶は人の心を食う」

言いながら国吉は自身の胸に手を当て、朝陽を見下ろして薄く笑った。

「俺は、食われた」

内緒話でもするように、潜めた声で国吉が言う。

広場の真ん中で飛び交う蝶の光が、国吉の顔を青白く照らし出す。国吉は笑っているし、きっと冗談を言っているのだろうとは思ったが、朝陽はその言葉の真意を問いただすことができない。山の入り口に張られた白いしめ縄を見たときのように、ここから先は立ち入ってはいけないと何かが警告しているような気がしたからだ。

「……あの蝶は、ここで飼われてるのか？」

国吉は木々の隙間から蝶たちを眺め、口元に笑みを残したまま答える。

「飼うというか、一時的にここで面倒を見てる。あと一か月もしたらいなくなるよ」

「……いなくなる、というと？」

「山越えをするんだ。山から山へ飛び回って、一所に長くは留まらない。この山にも何年かに一度しか来ないし。前回来たのは俺が小学生の頃で、二か月足らずでいなくなった」

「渡り蝶か。アサギマダラのようなものかな」

朝陽の言葉に反応して、国吉がこちらに顔を向ける。

「やっぱり、世の中には渡り鳥ならぬ渡り蝶みたいなやつが他にもいるんだ」

「いる。アサギマダラは季節的に長距離移動する蝶だ。冬が近づくと日本本土を南下して、南西諸島や台湾へ向かう。逆に夏になると北上する個体もいるそうだが、すべての個体が長距離移動するわけじゃない。蛹《さなぎ》や幼虫のまま越冬することもあるそうだから、未だ謎の多い蝶ではあるな」

朝陽の言葉に、国吉は興味深げな顔で相槌を打つ。そこに浮かぶのは先程一瞬見せた底の知れない笑みとは違う、朝陽のうんちくを面白がるいつもの笑顔だ。

「珍しいことは珍しいけど、他に類を見ないような蝶じゃないってことか」

国吉の表情が和らいだことにほっとしつつ、朝陽は曖昧に首を傾げた。

「長距離移動はともかく、光っているのは相当に珍しいと思うが。山から山へ、と言っていたが、この付近の山々を飛び回っているのか？」

「それはよくわからない。本社なら蝶の移動ルートを把握してるだろうけど、俺たち分社の人間は事前に連絡を受けて蝶を迎える用意をしてるだけだから。蝶たちが次にどの山へ向かうのかもさっぱりだ」

「……本社？　なんの会社だ？」

「会社じゃなくて、神社の話。うちは本社から神霊を分けてもらってる分社だから」

「神社が蝶を管理しているのか？」

「そう。あの蝶はうちの御神体だ」

朝陽は目を丸くする。御神体は神の依《よ》り代《しろ》とされるものだ。本殿に安置される鏡や神像がその役目を担うと思っていたが、まさか昆虫を依り代とするとは。

「一応、本殿には鏡も安置されてる。鏡の裏にこの蝶の姿が彫ってあるんだ」

困惑顔の朝陽を見て、国吉が説明を加えてくれた。

国吉神社は全国各地に分社があるが、すべての神社は光る蝶が現れた場所に建てられているそうだ。珍しい蝶の出現そのものがなんらかの神意だと昔の人々は考えたらしい。

「だからうちの神社とあの蝶は創建からのセットなんだ。何年かに一度蝶が来ると手厚く迎えて世話をする。そのためにああして餌も用意してるし」

「あの木の枝にぶら下がっている桶か。中身はなんだ？」

「うちの御神木からとれる樹液」

蝶が樹液を吸うのは珍しくないが、御神木から取れた樹液というところに霊験《れいけん》あらたかなものを感じる。朝陽は改めて桶に群がる蝶を眺め、感嘆の溜息をついた。

「……美しい蝶だな。あんな蝶は初めて見た。なんて名前だ？」

「さあ、なんだろうなぁ」

思ってもみなかった返答に、朝陽はむっと眉根を寄せる。

「なんだ？　部外者には秘匿されている情報なのか？」

「隠してるわけじゃなく、本当に名前を知らないんだ。うちの家族はもちろん、神社の関係者も『蝶』としか呼んでない」

国吉は至って真面目な顔で、何かごまかしているようには見えない。

「あの蝶を迎えて無事に次の場所へ見送ることは、神社の創建以来ずっと続いてきた神事なんだ。一応昔の文献は残ってるけど、手順の確認をする以外では誰も読み返したりしないし、蝶の名前の記載もなかった。蝶は蝶。それ以上は特に疑問に思ったこともない」

「あ……あんなに珍しい蝶なのに、か？」

「確かに光る蝶なんて他では見たこともないし、珍しいものなんだろうなぁとは思ってたけど、俺たちは朝陽と違ってあんまり虫に詳しくない。神社自体はもう何百年も続いてるし、あの蝶だって古くから日本にいるんだろうなって認識で……」

「まさか！　光る蝶なんて文献でも見たことがないぞ！　新種の蝶だ！」

静かな山に大きな声が殷々《いんいん》と響き、朝陽は慌てて声のトーンを落とした。

「……写真を撮ってもいいか？」

「構わないけど、これ以上近づかない方がいいよ」

国吉の了承を得て、朝陽は早速ジーンズのポケットから携帯電話を取り出した。カメラを起動し、限界までズームして蝶の姿を撮影してみたが、距離が遠すぎるのかぼんやりした白い光しか映らない。もう少し近寄らせてほしいと懇願すると、仕方がないと言いたげな顔で国吉も一緒に木の近くまで来てくれた。

人の気配に敏感なのか、国吉と一緒に木に近づくとさっと蝶たちは飛び立ってしまう。動いている蝶にピントを合わせることは難しく、動画を撮影しても白い靄《もや》のようなものしか撮れない。朝陽は肩を落とし、すごすごと木から離れた。

「ほら、もう時間も遅いし山を下りよう。それにしても朝陽、どうやってここまで来たの？　うっかり一般人が迷い込まないようにわざと道らしい道も作ってないのに」

「山道を歩いていたら一羽だけあの蝶が飛んでいて、追いかけるうちにここまで来た」

蝶たちを名残惜しく振り返りながら答えると、「相変わらず虫のことになると目ざといね」と笑われた。

「でも、なんで急にこんな場所まで？」

いつまでも蝶に気を取られていた朝陽だが、その一言で自分がここにやってきた理由を思い出して正面に顔を戻した。

蝶から離れるにつれ辺りを照らしていた光も弱まり、山の中は再び闇に閉ざされる。国吉は足元を照らす明かりも持っていないのに、道なき道を歩くその足取りには迷いがない。国吉とはぐれたら最後遭難してしまいそうで、朝陽は歩幅を広げてその背を追った。

「参拝に来たら、お前が山に入っていくのが見えたから……」

「こんな夜に、わざわざ参拝？」

朝陽に背中を向けたまま、国吉は面白がるような口調で言う。我ながら苦しい言い訳だ。嘘をつくのも据わりが悪く、朝陽は開き直って言い放った。

「お前に連絡したのに返事がなかったから、何かあったのかと思ったんだ」

「ん？　なんか連絡くれてた？　ごめん、潔斎《けっさい》してたから気がつかなかった」

潔斎という言葉をとっさに頭の中で変換できず黙り込んでいると、すぐに国吉が「神事の前に食事を絶って、沐浴《もくよく》して身を清めること」と教えてくれた。

「神事って、これから何かあるのか？」

「もう済ませたから帰るところだったんだよ。蝶の餌やり」

蝶が神社の御神体であるなら、餌やりを神事と呼ぶのも納得だ。そこまで考えたところで、朝陽はさっと顔色を変えた。

「……待て！　潔斎とやらをしなければいけないほどあの蝶に近づくのは神聖な行為なのか？　俺が勝手に山に立ち入ったらまずかったんじゃないか⁉」

動揺して声を高くした朝陽に、国吉は「大丈夫だよ」と大らかに笑った。

「今教えたのは潔斎の本来の意味であって、俺がやったのは香を浴びたことだけだから。服だって普段着のままだし、普通に夕飯も食べたよ」

香？　と朝陽は国吉の言葉を繰り返す。言われてみれば、前を歩く国吉の背中から何やら嗅ぎ慣れない匂いがした。

「何か、甘い匂いだが……なんの匂いだ？」

「さあ。香は本社から送られてくるものだからよくわからない」

「いいのか、神事にまつわるものなのに由来もわからなくて」

まずいかもね、と国吉は肩を竦めて笑っている。

蝶にまつわる神事は昔から行われてきたようだが、その内容はかなり形骸化が進んでいるようだ。実際に行っている国吉も謂《いわ》れがよくわかっていないことが多いらしい。

「それで、結局俺に連絡してきた理由は？」

ここまできたらごまかすのも難しそうで、朝陽は単刀直入に切り出した。

「及川が、お前に彼女ができたんじゃないかと言っていた」

国吉はこちらを振り返ることもなく、「へぇ？」と語尾を上げる。どこか面白そうな響きにどきりとして、朝陽は少し足を速めた。

「ほ、本当に彼女ができたのか？」

「まさか。できてないよ」

「……本当か？　及川たちが、最近国吉はつきあいが悪いと言っていたぞ」

「なんで。あ、もしかして何度か飯の誘いを断ったから？　今回から蝶の世話は俺がすることになったからあれこれ準備で忙しかっただけだよ。先週から蝶が山に入ったから夜は家を空けられないし」

　蝶の餌は必ず夜に補充するらしい。夜になれば光る蝶は目立つ。朝陽のようにうっかり山に迷い込んだ人間が蝶を発見して捕まえたりしないよう、見回りも兼ねているそうだ。

「そういえばあの蝶、一応うちの神社の御神体だから。本当だったらみだりに他人に見せちゃいけないんだ。だから朝陽も、及川たちに蝶のことは言わないでおいてほしい」

「わ、わかった。誰にも言わない」

「ネットにも書き込まないでね」

　朝陽は無言で何度も頷く。

　あの蝶は、まだ世に名を知られていない新種の蝶だ。軽い気持ちで情報を漏らそうものなら、世界中から昆虫学者たちがこの山に押し寄せてきかねない。神域は踏み荒らされ、山の木々も切り倒されてしまうかもしれないのだ。無断で神聖な場所に入り込んでしまったせめてもの償いに、蝶に関する情報だけは絶対に漏らさないと固く約束した。

「すまん、まさかこんな重大な秘密が隠されていたとは思いもせず……。去年の正月、この山に入ってみたいと言ったら国吉があっさり了承してくれたものだから、つい」

「蝶さえいなければただの山だから。あのときは蝶も来てなかったし、あのまま山に入ってもらってもなんの問題もなかった。それより、彼女がいるって疑惑は晴れた？」

「ああ、か、彼女はいないんだな。及川たちに伝えておく」

「そんなこと、別にみんなに伝える必要もない気もするけどね。朝陽はそれを確認するためだけにここまで来たの？　わざわざ？」

どうして、と軽い口調で国吉は問う。

山道は暗く、前を行く国吉との距離感がよくわからない。

なんだかずいぶん遠くに国吉がいるような気がして、小さな声で呟いた。

「……お前に彼女ができたら、困る」

言いながら、国吉に向かってそっと手を伸ばした。もう少し、あとほんの少し腕を伸ばしたら国吉に届くだろうか。何度か手を伸ばしたり引っ込めたりしたものの、国吉の服の裾を摑むだけの勇気もなく体の脇で両手を握りしめたら、朝陽の爪先に国吉の踵《かかと》がぶつかった。

それなりに互いの距離は開いていると思っていたが、実際は手を伸ばせば届くところに国吉はいて、独白のつもりで呟いた言葉もしっかりその耳に届いてしまったようだ。振り返った国吉がどんな顔をしているのかよくわからず、朝陽は慌てて言い添えた。

「く、国吉に彼女なんてできたら、虫捕りにつき合ってくれる奴がいなくなる」

言い訳のようにもごもごと喋っていると、闇の中で国吉がふっと笑う気配がした。

「彼女ができたとしても、友達との時間をおざなりにするようなことはしないよ。高校の頃、彼女だからってそっちを優先して俺が遊びの誘いとか断ったことあった?」

朝陽は短く沈黙してから、ない、と答えた。

国吉はいつだって最初に声をかけてきた人間の言葉を優先する。彼女だからとか親友だからとかいう順序は存在せず、いつだって公平で、それが少しだけ焦れったかったものだ。

国吉の肩越しに山の出口が見えてきた。腰の高さに張られたしめ縄を潜《くぐ》ったらもう境内に出てしまう。闇の中、相手の心に手探りで触れようとする時間が終わる。

「国吉、好きだ」

満々と胸にたたえられていた本音が口からこぼれ落ちた。声にはどうしようもなく切実な響きがこもってしまったが、国吉はそれに気づかない。

「知ってるよ」

返ってきた国吉の声には柔らかな笑みが滲んでいた。高校時代から朝陽に繰り返し捧げられてきた言葉など、もはや珍しくもなんともないのだろう。そこに友愛以上の意味が含まれているなんて想像もしていないような声だった。

いい加減、そういう意味ではないと打ち明けるべきだろうか。互いの顔も見えない闇が朝陽の背中を押す。だが、もしも手厳しく拒絶されたら。国吉はもうこんなふうに優しい声で自分と喋ってくれないかもしれない。

先に山の出口に辿り着いた国吉がしめ縄を潜って外に出る。

あれは異界の出口だ。あそこから先は日常の始まり。不用意に口を滑らせてしまったとしても、夜のせいにも闇のせいにもできない。

国吉は、すでに異界の外にいる。

喉元でわだかまる想いを無理やり呑み込み、朝陽も国吉に続いてしめ縄を潜る。

朝陽たちを包んでいた濃密な闇の気配はたちまち散って、朝陽が口にしかけた言葉も、あっという間に夜の空気に溶けて消えてしまった。

「国吉、好きだ。結婚してくれ」

学食でかつ丼を食べていたら、とんでもないセリフが耳に飛び込んできて、あわや口に含んだ米粒を向かいに座る及川の顔面に噴き散らかすところだった。

朝陽の隣に座る国吉は、生姜焼き定食を食べながら、「大げさだな」と笑っている。ちなみに冒頭の発言者は、国吉の向こうに座る情報工学科の学生だ。国吉が朝陽たちと学食に入って来るのを見るや駆け寄ってきて、ずっと国吉に何事か話しかけていた。内容から察するに、提出期限の迫ったレポートが行き詰まって国吉に泣きついてきたようだが、概要を説明するうちに考えがまとまったのか無事突破口を発見したらしい。そこで感極まっての結婚発言である。

「国吉またプロポーズされてんなぁ」

ずるずるとラーメンをすすりながら、及川は珍しくもない調子で言う。実際、国吉と喋っているうちにテンションが上がって「好きだ」とか「結婚してくれ」と言い出す手合いは少なくない。当然本気の告白ではないし、周りもすっかり慣れっこだ。

国吉と情報工学科の学生も、甘酸っぱい雰囲気になることもなく和気あいあいと話を続けている。朝陽は黙々とかつ丼を口に運んで、咀嚼の合間に溜息をついた。

(俺の告白も、これと同列の冗談だと思われているんだろうな)

朝陽は事あるごとに国吉に好きだと伝えているが、国吉にとっては軽い挨拶程度にしか受け取られていないのだろう。本気にされて距離を空けられるよりはましだろうかと考えていたら、長テーブルの半分を占拠していた朝陽たちに声がかかった。

「ここ、空いてる?」

男子の多い理系大学では滅多に耳にしない女子の声に、周囲に緊張が走った。

朝陽たちに声をかけてきたのは同じ機械工学科で、よく教室の前の席で講義を受けている女子三人組だ。

真っ先に反応したのは及川で、「空いてるよ！」と裏返った声を上げた。そういえば、以前及川はこの女子グループに声をかけたいと言っていたか。これを機に積極的に話しかけるのかと思いきや、及川は突然の女子の登場にすっかり気が動転してしまったようで、俯いてずるずるとラーメンをすするばかりだ。

隣に女子が座っただけで挙動不審になる及川を見て、意外と純情なんだな、などと思っていたら、情報工学科の学生との会話を終えた国吉がトレイを持って席を立った。

食器の返却口へ向かう国吉を、女子三人組の一人が呼び止める。

「国吉君、中間試験の過去問貸してくれてありがとう。コピー終わったから返すね」

国吉は足を止め、「解き方わかった？」と物腰柔らかく三人に尋ねた。

「あの答案、一応丸はついてたけどかなり途中式とか省いてたし」

「やっぱり！　私たちも三人であれこれ解読してやっとあの答えにいきついたよ」

「あの試験問題解いた人、ちょっと天才肌な先輩だから。俺も解説してもらわないと解き方がわからなかった」

及川が女子たちと目も合わせられないでいるというのに、国吉は気さくに会話に応じて返却口に向かってしまう。その背中を見送って、女子三人は少しだけ声を低めた。

「天才肌の先輩ってどんな人だろ。国吉君の交友範囲、相変わらず広すぎて謎だよね」

「でも国吉君が声かけてくれてよかった。私たちだけじゃ過去問全然集まらないもん」

国吉は目端が利く。高校の頃も、教室の隅で一人途方に暮れている生徒に気づくとそれとなく声をかけてフォローに回っていた。きっと彼女たちが困っているのにも気づいて、さりげなく声をかけたのだろう。

「あ、見て」と女子の一人がますます声を潜めた。視線の先には、食器の返却口の前を行ったり来たりする女子がいる。返却棚がいっぱいで食器を置くことができないようだ。

そこに国吉がやってきて、女子の後ろから調理場に向かって声をかけた。驚いたように振り返った女子に国吉が何か話しかけている。調理場から顔を覗かせた調理の人に汚れた食器を返却しながら、「今度からこうやって声をかけるといいよ」なんて教えているのだろう。相手は何度も頷いて、国吉に向かって頭を下げている。

「……国吉君ってさ、天然の人たらしだよね」

女子の一人が呟いて「俺もそう思う」と会話に割り込んでしまいそうになった。

「多分あの子、一年生でしょ。学食の使い方よくわかってないみたいだし、ご飯も一人で食べてたっぽいし。まだ女子の友達とかいないんじゃないかな」

「わかる。私も去年の今頃は全然みんなと仲良くなれてなくて、お昼とか一人だった」

「中間近いのに過去問も集まらなくて困ってたら、今回みたいに国吉君が声かけてくれて本当に助かったなぁ」

「あ、私も」「私も」と他の二人が追従した。

「あんまり優しいから……実はちょっと勘違いした」

「自分に気があるのかなって？　でも、あれは勘違いしちゃうでしょ」

女子三人が忍び笑いを漏らす。全員身に覚えのある話のようだ。

「でも国吉君、全然そんな気ないよね。あれが通常運転で」

朝陽は同意の言葉とともに彼女たちに握手を求めたくなるのをぐっとこらえた。わかる。身をもって理解できる。国吉のあれは通常運転だ。

それを肝に銘じておかないと後が辛い。国吉は自分を一番にしてくれているのだと信じ込んでいたら、実は自分以外にも同率首位がゴロゴロいると気づくのだから。その頃にはとっくに自分の中の不動の一位は国吉になっているので、なんだか裏切られたような気分になる。と同時に、自分が国吉の一番だなんて己惚《うぬぼ》れていた事実に直面して、とんでもなく恥ずかしい思いもしなければいけないのだ。

高校時代、まさに朝陽もそのルートを辿った。そして卒業までに、自分と同じように勝手に国吉に落胆して離れていく者を、たくさん見た。

かつ丼を食べ終えた朝陽は、汚れた器を持って食器の返却口へ向かう。国吉はまだ一年生らしき女子と話をしていたが、食器を返しに来た朝陽に気づくと女子に軽く手を上げ、朝陽のもとへやって来た。

汚れた器をカウンターに置き、朝陽は横目で国吉を見遣る。

「……今喋ってた相手は？」

「土木工学科の一年生だって。ここの学食使うの初めてだって言うから、お勧めの定食とか教えてた」

「一人で来てたのか」

「らしいね。土木も女子が少なくてなかなか友達ができないって嘆いてた」

国吉は、一人ぼっちで居心地悪そうに過ごしている相手を放っておけない。そういう相手を見つけると躊躇なく近づいて声をかける。純然たる善意のもとに。

「国吉は優しいな」

呟いた言葉に面白くなさそうな響きが混ざってしまい、朝陽は慌てて続ける。

「そういう優しいところ、国吉の美点だと思うぞ！　尊敬する、好きだ！」

勢いで好きという言葉が飛び出したが、こんな言葉は言われ慣れている国吉だ。今回も「知ってる」と微笑まれるかと思ったら、なぜか困ったような顔をされてしまった。

「……優しくないよ、俺は」

いつにない反応に朝陽はぽかんと口を開け、すぐに力いっぱい眉間を狭めた。

「優しさでないならどうしてあの一年生に声をかけた……!?」

まさか一目惚れなんて言うわけではあるまいな、と鬼の形相で詰め寄ると、国吉がうろたえたように体を後ろに引いた。

「いや、困ってるみたいだったから……つい」

「そういうのを優しいと言うんだ！　びっくりさせるな！」

単なる謙遜《けんそん》だったか、と気がついて、朝陽は鼻から大きく息を吐いた。

（そうだ、優しいだけで、好きとか嫌いとか関係ないんだ、国吉は）

あまりに優しいので、その裏に好意が潜んでいるのではと期待してしまう。それがただの親切だと気づいた瞬間、淋しさに顔を歪めてしまったのは朝陽だけではないはずだ。国吉から距離を置こうとするとき、そういう顔をする人は多かった。

でも国吉は、悲愴な覚悟の末に自分から離れていこうとする相手にすら笑顔で手を振る。またな、と気負いなく笑って引き留めない。

いつだって国吉は誰かから執着されるばかりで、本人は何に捕らわれることもなく泰然と構えている。苦しいのは国吉の周りにいる人間ばかりだ。誰に対しても等しく優しい国吉を見るにつけ、自分は絶対国吉の一番にはなれないのだと突きつけられる。

肩越しに振り返れば、国吉に話しかけられていた女子が名残惜しげにこちらを見ていた。もう少し国吉と話をしていたかったのかもしれない。だが、国吉はもう女子を振り返ることなく及川たちのいるテーブルに戻っていく。取り残された女子はまだ国吉の背中を目で追っていて、それが自分自身の姿に重なる。

特別扱いしているのはこちらばかりだと、朝陽は苦々しい気分で女子から目を逸らした。

インターネットで『光る蝶』と検索すると、真っ先に出てくるのがモルフォチョウだ。

モルフォチョウは鱗翅目《りんしもく》モルフォチョウ科の総称で、北アメリカ南部から南アメリカにかけて生息する。中でも有名なのがディディウスモルフォチョウで、大きな翅は外側こそ灰色や褐色の目立たぬ色をしているが、その内側は目の覚めるような青だ。それも光沢のあるメタリックな青で、朝陽も初めて図鑑でモルフォチョウを見たときは息を呑んだ。

しかし、モルフォチョウはあくまでも光沢を帯びた翅を持っているにすぎず、実際に光を放つわけではない。モルフォチョウの紹介文に現れる『蝶』、『光沢』という単語が『光る蝶』で検索したとき引っかかってしまうのだろう。

様々な文献を漁り、インターネットでも可能な限りの検索を続けたが、朝陽は未だに光る蝶について説明する文章を見つけられていない。

(日本にしか生息していない珍しい蝶だったとしても、名前すらわからないなんて)

闇深い山の中、一部だけ木々を切り拓いた広場には今日も光る蝶が飛び交っている。

朝陽は茂みの中に身を潜めてその光景を見詰め、感嘆の溜息をついた。

こうやって、夜更けに国吉神社の裏にある山に忍び込むのももう五回目だ。大体二日に一度のペースで来ていることになる。

あまり近寄るなと国吉から釘を刺されているので、朝陽は広場には入らず、茂みの中から双眼鏡で蝶を眺める。

蝶たちに気取られぬようそろそろと双眼鏡を下ろした朝陽は、父親から借りたデジタルカメラを取り出して蝶たちにレンズを向けた。携帯電話よりもずっと高画質で、ズームができる倍率も大きい。今度こそ、と意気込むが、何度シャッターを押してもぼんやりと白い光が画面に残るばかりで、蝶の鮮明な写真を撮ることはできなかった。

（周りが暗いからはっきり映らないのか……？　それとも光が少なすぎるのか）

フラッシュを焚いてみようかとも思ったが、蝶を驚かせてしまっては困る。生態がわからないだけに何が蝶の致命傷になってしまうか判断がつかず、今日も朝陽はピンボケした写真を数枚撮っただけで諦めて蝶の観察に戻った。

今度は双眼鏡を使わず、肉眼で遠くの蝶の群れを眺める。そうやってじっとしていると、ごくまれに蝶が朝陽の近くまでやってくることがあった。ひらひらと闇を滑り、朝陽の後ろへ飛んでいって、しばらくするとまた木の近くに戻っていく。広場の周りに背の高い囲いがあるわけでもないのに、蝶たちはあまりあの木のそばから離れようとしない。

（……綺麗だな）

仄かな光を放ちながら闇を飛び交う蝶は美しい。こうして見入っている間だけは、余計なことを考えなくて済む。

先週学食で国吉が声をかけていた土木工学科の一年生は、あれ以来学食で顔を合わせるたびいそいそと国吉に駆け寄ってくるようになった。そのたび国吉も気さくに笑顔を返している。

国吉は誰に対してもああいう態度をとるのだと頭ではわかっていても、及川たちが「あれは国吉もまんざらではないな」などと言うのを耳にすると平静でいられない。

こういうときは本当に心がざらつく。国吉を他の誰かにとられてしまいそうで気が気でない。二人の仲が進展しないよう、呪詛《じゅそ》めいた言葉を吐いてしまいそうな自分が嫌だ。

そんな焦げつくような感情が、闇に羽ばたく蝶を見ていると少しだけ慰められる。朝陽が足しげく蝶を見に来てしまう理由の一つだ。

ぼんやり蝶を眺めていたら、首の後ろでふっと空気が動いた。まるで首裏で蝶が羽ばたいたような、そんな微かな感触の後、背後でがさりと茂みが揺れた。

振り返るより先に国吉だとわかったのは、背後から甘い香りが漂ってきたからだ。山に入る前、国吉は潔斎と称して必ず香を焚き、その煙を全身に浴びてくる。

振り返れば思った通り、国吉が渋い顔で茂みを掻き分けて近づいてくるところだった。

「道もないのに、朝陽は毎回どうやってここまで辿り着くんだろうね？　そのうち遭難しても知らないよ」

国吉が言う通り、蝶たちがいるこの場所に至る道は存在しない。途中で山道を外れ、茂みを掻き分けなければ到着できないのだ。

国吉神社の関係者は、一族だけが知る秘密の目印を辿ってここまで来ているらしいのだが、当然朝陽はそんな印など知る由もない。だが、山に入ってしばらく歩いていれば蝶の方から朝陽の前に現れる。朝陽はその後を追っているだけだ。

そうなると蝶のもとまで来ることはできても帰ることができなくなりそうなものだが、朝陽が問題なく下山できているのは毎回こうして国吉が迎えに来てくれているからだった。

「蝶が見たいなら見て構わないから、山に入る前は必ず俺に声をかけること。いいね？」

呆れを含ませた口調で言われ、朝陽は目を瞬かせた。

「いいのか？　あの蝶は御神体なんだろう？　俺のような一般人が勝手に見てはまずいんじゃないのか……？」

それくらいは容易に想像がついたからこっそり山に忍び込んでいたのだが。

国吉は渋面《じゅうめん》を作ったものの、諦めたように顔の筋肉を弛緩させた。

「本当はよくない。父さんにばれたら面倒なことになる」

「や、やっぱりそうなのか……」

「でも、こんな珍しい蝶だからね。駄目だって言ってもどうせ朝陽は来る。下手に思い詰めて蝶を捕られたりするくらいなら、遠くから眺めてもらってた方がずっといい」

だからきちんと連絡するようにと再三念押しされ、朝陽も頷かざるを得なかった。

国吉は茂みを掻き分けて朝陽の隣までやってくると、すとんとその場に腰を下ろす。肩の触れ合う距離にどきりとしたのは朝陽だけで、蝶を眺める国吉の顔は平然としたものだ。光る蝶の群れに顔を向けたまま、国吉は平淡な声で言った。

「綺麗なのはわかるけど、あの蝶にはあまり近づかない方がいい。心を食われる」

前にも一度耳にしたセリフだ。あのときと同じく国吉の顔から表情が抜け落ちているのが気になって、どういう意味だと改めて朝陽は尋ねる。国吉はゆっくり瞬きをすると、辞書に載った言葉を読み上げるような一本調子で答えた。

「あの蝶に心を食われると、いろいろな物事に対する興味や関心が薄れて、何かを好きだと思う気持ちがなくなるんだ」

「……なんだそれは。おとぎ話か？」

無表情で蝶を見ていた国吉の目元がわずかに緩み、「かもね」と軽い調子で返された。

蝶は約八年周期で山に戻ってくる。国吉は都合三度も蝶の飛来に立ち会っているそうだが、一回目はまだ物心もつかぬ頃なので覚えておらず、二回目が実質初めて蝶を見たときだという。

「小学校の、五年だったか六年だったか、それくらいの頃、ふらふら蝶に近づこうとしたら父さんに止められた」

——あの蝶に、必要以上に近づいてはいけないよ。心を食われて、何かを好きだと思うことができなくなってしまうからね。噛んで含めるような口調でそう言われたそうだ。

当時のことを思い出したのか、国吉は懐かしそうに目を細める。

「珍しい蝶だから、子供が無闇に近づいて捕まえたりしないための脅しだったのかもしれない」

「なら、本当に人体に害を及ぼすわけではないんだな？」

なんだ、と拍子抜けして笑い返せば、笑顔のままこちらを見ている国吉と目が合った。

仏像めいた感情の窺えない笑顔を見て、朝陽は笑みを引っ込める。

「……子供を無闇に蝶に近づかせないための方便、なんだよな？」

「多分。でもわからない。俺は朝陽みたいに、何かひとつのものを死ぬほど好きになったことがないから。もしかすると本当に、蝶に心を食われたんじゃないかと思ってる」

冗談にしては国吉の声は静かで、どこか諦観を窺わせる響きがあった。

山の中を吹き抜ける風が急に冷たくなった気がして、朝陽は身を震わせる。国吉の顔つきまで寒々しく見えて、その表情を吹き飛ばそうと朝陽は国吉に体当たりをした。

「俺の虫好きはむしろ変人の域だ。俺とためを張ろうと思う方が間違ってる！」

突然の攻撃に体をぐらつかせた国吉は目を丸くして、思わずといったふうに笑った。

「変人って、自分で言うなよ」

「本当のことだ。それに、何かに熱中したらしたで大変だぞ。俺を見ろ、こんな時間に他人の私有地に無断で入り込んで、一歩間違えれば不法侵入で通報される」

「そこまでわかっててやってたんだ」

「そうだ。理性が仕事をしなくなる。こんな状況に陥りたいのか？」

脅すように声を低くすると、「朝陽が言うと凄い説得力だな」と笑われた。

直前までの冷え冷えとした表情とは違う、砕けた笑顔にほっとして、朝陽はもう一度国吉に肩をぶつけた。今度のそれは体当たりというほどの勢いもなく、肩を寄せただけのような格好になる。

「でも、もしもお前がどうしても何かに熱中してみたいと言うなら手伝う。行きたい場所があるならつき合うし、やりたいことがあるなら一緒にやろう。手当たり次第に挑戦してみれば、思いもかけないようなものに夢中になるかもしれない」

互いの肩が触れ合って、薄っぺらなシャツを通して体温が伝わる。男同士でこんなに体を近づけたら嫌がられるだろうかと不安になったが、国吉は身を離すでもなく、むしろ朝陽の方にゆっくりと体重を預けてきた。

「思いもよらないものって、例えば？」

「いや、それはわからんが……なんだ、ジグソーパズルとか……？」

国吉は喉の奥で笑って「白いテーブルに牛乳こぼしたパズルでもやってみようか」と応じる。存外機嫌のよさそうな声で、そろりとその横顔を窺い見たら目が合った。

笑みを含ませた目で朝陽を見ていた国吉が、目尻にくっきりとした笑い皺を浮かべる。

「朝陽は変わらないなぁ」

春先に桜の花を揺らす風のような、柔らかく温かな声だった。見上げた顔にもいかにも満足そうな笑みが浮かんでいてどきりとする。国吉はいつだって唇に笑みを含ませたような顔で笑っているが、今自分に向けられている顔はもっと親密で、特別な雰囲気だ。

いつにない表情に心臓がリズムを崩し、朝陽は慌てて国吉から目を逸らした。

「う、うちにもあるぞ、三百ピースくらいの簡単なパズルなら」

「なんのパズル？」

「実寸大昆虫パズルだ」

朝陽の答えを読んでいたのだろう。「やっぱり」とおかしそうに笑って、国吉は自身の腕時計に視線を落とした。

「その件はまた今度相談に乗ってもらうとして、そろそろ帰ろう。もう十時だ」

「もうそんな時間なのか？」

山に入ってからすでに二時間以上経過していることになる。せいぜい小一時間程度しか経っていないと思っていただけに、朝陽も時計を確認してしまった。

「……本当だな。蝶を見ていたら時間を忘れた」

「危ないな。それなりに距離を取ってるとはいえ、そんなに長いこと山にいたら蝶に心を食われるぞ」

冗談めかした口調で言って国吉が立ち上がる。だが、朝陽は後に続くことができない。ついさっき見た国吉の柔らかな笑顔が目に焼きついて離れず、もう少し肩の触れ合う距離で話をしていたい気持ちが募って、意固地な子供のように膝を抱え直してしまった。

「朝陽？　行かないの？」

朝陽は膝を抱いたまま視線だけ国吉に向けた。

もう少し、とねだるような朝陽の視線に気づいたのだろう。国吉は仕方がないと言いたげに笑い、再びその場に座り直してくれた。だが、朝陽に早く帰るよう促《うなが》すことも忘れない。

「蝶に心を食われて、虫を好きだったことを忘れたりしたら困るだろ？」

子供だましの脅しだ。でも、もしも本当にそうなったら、と思わずにはいられない。失うのは、虫に対する興味や関心ばかりではないだろう。

朝陽は固く膝を抱きしめたまま、掠れた声で「そうだな」と答える。

言うべきか、言わざるべきか、直前まで迷っていた朝陽の背中を押したのは、ついさっき国吉から向けられた柔らかな笑顔だ。国吉はいつも機嫌よく笑っているが、あんな親密な笑顔を見たのは初めてだった。

国吉にとって自分は、他より少し、ほんの少しだけ特別なのではないかと、そんな期待に胸を摑まれ、朝陽は震える唇を開いた。

「……そうなったら、お前を好きだったことも忘れてしまうな」

期せずして震えた声が出てしまった。以前、山道を下りながら国吉に好きだと伝えたときよりも、断然真剣で後戻りのできない声だ。

国吉がこちらを向く。ほんの少し笑いを含んでいた呼吸が、ふっと途切れるのがわかった。張り詰めた朝陽の横顔を見て、今回の「好き」という言葉は軽く流せる類のものではないことに気づいたらしい。

沈黙を、木々のざわめきと虫の声が埋める。

朝陽はスニーカーの爪先を凝視して、強く膝を抱え直す。そうしていないと勝手に手足が暴れ出して、この場から走って逃げだしてしまいそうだった。

心臓が痛いほど速く脈を打つ。国吉はどんな顔をしているだろう。戸惑ったような顔だろうか。嫌悪の表情でなければいい。この瞬間を境に二人の関係が決定的に変わってしまうかもしれないと思えば怖かったが、それでも勇気を振り絞って国吉の顔を見上げた。

近距離で目が合う。緊張しきった表情をする朝陽の前で国吉はひとつ瞬きをして、ゆっくりと表情を変えた。

「……忘れられたら、さすがに淋しいな」

そう言って笑った国吉の顔には、嫌悪もなければ戸惑いもなかった。喜びはもちろん、驚きすらもない。朝陽の虫の話に耳を傾けているときと同じ顔だ。

特別なことなど何もないと言いたげな、それは普段使いの笑みだった。

少しして、朝陽は「そうか」とだけ返した。

そうか。それがお前の答えかと、声には出さず胸の中で呟く。

一世一代の告白のつもりだった。好き、という言葉に込められた真意は国吉にも伝わったはずだ。でも国吉は、それに気づかなかったふりをした。朝陽の言葉を受け入れることも、否定することもなく、流したのだ。

そうか、ともう一度呟いて、遠く光る蝶の群れに目を戻した。

暗がりから明るい場所へ急に目を向けたせいか、眼球の奥に引き絞られるような痛みが走った。痛みを逃そうと瞬きを繰り返せば、瞼の裏がじんわり潤む。目の縁に溜まった水分がうっかり頬に落ちてこないよう、朝陽は努めて静かな呼吸を繰り返して目を閉じた。

（これはもう、諦めるしかないんだろうな……）

国吉は朝陽の想いに気がついて、一番波風の立たないやり方でそれを退《しりぞ》けた。これ以上朝陽が食い下がらなければ、これまで通り友達でいてくれるつもりなのだろう。

上等な結末ではないか。一生告白すらしないつもりでいたのに、ぼんやりとではあるが自分の気持ちを伝えることができたのだ。手ひどく拒絶されることも覚悟していたのに、国吉は自分と友達でい続けようとしてくれている。最善の結果と言ってもいい。

目を閉じ続ける朝陽の横で、国吉は微動だにしない。きっと困ったような顔をしているのだろう。朝陽は深呼吸を一つしてから瞼を上げた。

「行こう。待たせて悪かったな」

国吉の顔は見ないで立ち上がった。一拍置いてから国吉も立って「もういいの？」と尋ねてくる。いつもと変わらぬ優しい口調に、朝陽は無理やり唇の端を持ち上げた。

「ああ。ありがとう」

何に対する礼なのか、自分でも判断がつかなかった。でも、見上げた先で国吉がどこかほっとしたように笑っていたから、これでよかったのだと自分に言い聞かせる。

例によって、国吉に先導してもらって山道を下りた。国吉は足元を確かめながら歩を進め、たまに振り返って朝陽がついてきているか確認する。いつもなら国吉が振り返るたびに何事か声をかける朝陽だが、今日ばかりは言葉が出なかった。伏し目がちに国吉の靴の踵の辺りばかり見詰めて山を下りる。

（もう、国吉のことは諦めよう）

濡れた落ち葉を踏んで歩きながら、自分に言い聞かせるように思うのはこれで何度目だろう。高校時代、国吉に特別扱いをされているのは自分だけではないのだと気づいたときも諦めようと思ったし、国吉に彼女がいると知ったときも思った。国吉にはなんの相談もせず志望大学を決めたときも、大学に入ってからだって、折に触れて何度も諦めようと思ってきたはずなのに。

　朝陽はほんの少し視線を上に滑らせ、国吉の背中に目を向ける。

　諦めよう、と思うのに、朝が来るたび決意が揺らぐ。目が覚めたら本棚に飾られた写真を眺め、国吉の名を呟いて惚れ惚れしてしまう。今よりまだ少し幼い国吉の顔を見るたびにやっぱり好きだと思うし、大学で国吉の顔を見れば、あの頃より精悍《せいかん》になった姿にまた見惚れた。毎日毎日、飽きもせず朝陽は国吉に恋をしている。

　でも今度こそ諦めよう。国吉は自分の想いに応えてくれない。

　視線を落とそうとしたら、目の端で小さな光が揺れた。朝陽の目線より少し高いところにある木の枝の向こうに、光る蝶が飛んでいる。

　夜の山を飛ぶその姿は神秘的だ。群れで飛ぶ姿は美しすぎて空恐《そらおそ》ろしくもある。人の心を食う、なんて突飛《とっぴ》な話も、こんな闇の深い山の中では、その神々しさと相まってうっかり信じてしまいそうだ。

（いっそのこと、本当に蝶がこの気持ちを食ってくれたらいいのに……）

　木々の間を遊ぶように飛んでいる蝶を見ていたら、前を行く国吉に声をかけられた。

「朝陽、よそ見してると危ないぞ」

　恋心を食い尽くされたら、こんなふうに国吉に名前を呼ばれるだけで心臓が引きつれるように痛むこともなくなるのだろうか。胸の中で膨らんだこの恋心がきれいさっぱり消えてしまったら、あとには何が残るだろう。

焼け野原だ、と口の中で呟いて、朝陽は燻《くすぶ》る想いを胸の底へと押し沈めた。


告白が空振りに終わり、この世の終わりのような気分を味わっていたとしても、規則正しく夜は明ける。

枕元に置いていた携帯電話は今日も朝の六時にアラームを鳴らし、夢うつつにそちらに手を伸ばした朝陽は、カッと目を見開いて低く呻いた。

(い……痛い!)

寝返りを打とうとした瞬間、首の辺りに激痛が走って眠気も吹っ飛んだ。どうにかこうにか痛みを耐えてアラームを止めたが、それきりまた動くことができなくなる。

(なんだ……? 寝違えた?)

恐る恐る手を伸ばして首元に触れてみる。触った感じ、熱はない。でも少しでも顎先を動かすと首の裏側に痛みが走って低く呻いた。

痛みに耐えて身支度を整え、なるべく首に振動を与えないよう階下に下りる。朝陽のぎこちない仕草を見た母親は「寝違えたの? 痛みがひどいようなら病院に行く?」と勧めてくれたが、食事を終える頃にはだいぶ痛みも引いていたので、病院へは行かず大学へ向かった。

関東は梅雨の走りか、今朝はあいにくの雨だ。傘を差すため腕を上げるだけでも首が痛み、極力頭を動かさないようにしてゆっくりと駅へ向かう。寝起きにバタバタしていたせいもあり、学校に到着したのは講義が始まる十五分前だった。

今日の講義は二コマ続きの機械工作実習からスタートだ。せめて座学だったらよかったのに、と泣く泣く実習室へ向かう。廊下で何人もの生徒に追い抜かれながらもなんとか実習室に到着すると、窓際の席にはすでに及川たちと、それから国吉の姿があった。

昨日の夜のことを思い出して身じろぎしたら、体に妙な力でも入ってしまったのかまた首が痛んだ。朝陽は顔を顰《しか》め、掌で首を押さえながら国吉たちのもとへ向かう。

椅子に座る際、どうにか首を固定したまま腰を下ろそうと苦心していたら、横から及川が身を乗り出してきた。

「尾瀬、おはよ。ゼミ棟のそばにできたっていうハチの巣、見てきた？」

「ハチの巣？」と、朝陽は顔を顰めながらオウム返しにする。

「さっき他の奴が言ってた。なんか先生たちも集まってたって……あれ？　ハチの巣見てたから今日はちょっと遅れてきたんじゃないの？」

「いや、今日は虫探しのためにキャンパス内を回ってないから……」

及川を含め、その場にいた全員が「えっ」と声を上げた。国吉まで驚いた様子で朝陽の顔を覗き込んでくる。

「朝陽、具合でも悪い？　そういえば顔色も悪いみたいだけど……」

国吉の顔が急接近して、朝陽はほんの少し体を後ろに反らした。あまり大きく身を動かすと首が痛むので、動作だけでなく表情もなんとなく控えめになる。

「寝違えただけだ。だから朝の支度にも手間取って、学校に着いたのもぎりぎりだった」

そうか、とほっとしたような顔をする国吉を見て、朝陽は微かな違和感を覚える。そういえば、今朝は慌ただしかったせいで国吉の写真を見ずに家を出てきてしまった。

「にしても珍しいよな。大雪が降ったって六時起きで虫を探し回ってた尾瀬が、たかが寝違えた程度で虫探しを断念するなんて」

横から及川が口を挟んできて、朝陽はむっと眉を寄せる。

「たかがとか言うな。かなり痛いんだぞ。朝はベッドから出られなかった」

「ていうか、虫のために毎日六時に起きてるの凄くないか？　小学生かよ」

他の友人からも茶々を入れられ、うるさい、と返してみたが、朝陽の声にはあまり張りがない。その様子を見た国吉の顔がまた心配そうに曇った。

「よほど痛むの？」

「……まあ、痛いが。起きたときと比べたらだいぶ良くなった」

「でも、いつもならもっとむきになって言い返すだろ」

朝陽は首の裏に手を添えたまま、そうだな、と抑揚乏しく返した。しかし今日はあまり腹が立たない。それどころか、講義が始まる一時間も前に学校に来て、雨が降ろうと雪が降ろうとキャンパス内をうろうろしている自分の方がおかしいような気すらしてきた。

曖昧な反応をしたところで教授がやってきた。みんな揃って黒板へと顔を向けたが、国吉だけはなかなか前を見ず、朝陽の横顔を見ている。

なんだろう、と思ったが、朝陽は国吉へ顔を向けない。寝違えた首が痛くて、そうそう顔を動かすことができなかったからだ。

国吉は教授が喋り始めてもしばらく朝陽の横顔を見ていたが、最後は何も言わず黒板へと顔を向けた。

機械工作実習の作業は、六人から八人の班に分かれて行われる。朝陽と及川は同じ班で電子回路の組み立て作業を行ったのだが、下を向くと首が痛むためはんだ付けもなかなか上手くいかず、遅々として作業が進まなかった。

片づけを終えて実習室を出た朝陽は、首の痛みに顔を歪めながら及川に詫びる。

「悪い、休み時間が短くなって……」

「気にすんなって。それより国吉たちまだ学食にいるかな。席取っといてくれると嬉しいんだけど」

昼休みが始まってからいくらか過ぎてやって来た学食は、もうほとんど席が埋まっていた。「国吉いる?」と及川に尋ねられ、朝陽はざっと食堂内を見回した。

「いないみたいだな」

「じゃあもう先に食べて出てったかな。いいや、そこ空いてるし」

長テーブルの真ん中に二席だけ空きがある。少々狭いがなんとか席を確保して、及川と食券機でカレーの券を買った。

席に戻り、あまり頭を動かせないのでいつもよりゆっくりカレーを食べていると、後ろから誰かに肩を叩かれた。首が痛んですぐには動けない朝陽の代わりに及川が背後を見遣り、あれ、と目を見開いた。

「国吉じゃん。なんで?」

遅れて朝陽も振り返れば、真後ろに国吉が立っていた。国吉は朝陽と及川を交互に見て、

「なんでって……」と力なく呟く。

「こっちのセリフだよ。なんでこんな所に? あっちのテーブルにちゃんと二人の席も取っておいたのに」

「あれ? でも、国吉はいないって尾瀬が言うから……」

なんで? と今度は朝陽が問われることになってしまった。

「なんでって……見つけられなかったから」

「見逃したってこと？　尾瀬が国吉を？　うっそ、珍しい！」

及川が身をのけ反らせるのを見て、大げさな、と朝陽は眉を上げた。

「これだけ人がいるんだぞ。見逃すことくらいあるだろう」

「普通の奴ならそうだけど、尾瀬だぞ？　昆虫と国吉を見つけることにかけては右に出る者がいないと言われた尾瀬が国吉を見逃すなんて、もしかして初めてじゃないか？」

そんな馬鹿なと笑い飛ばしたものの、及川だけでなく国吉まで真面目な顔でこちらを見ている。朝陽は笑いを引っ込めて、自身の首筋に手を当てた。

「寝違えて、あまり首を動かせなかったせいかもしれない」

そう口にした瞬間、国吉と及川が同時に眉を開いた。そういうことなら納得だ、と言わんばかりの表情だが、自分が国吉を見逃すのはそんなに珍しいことだろうか。

昼休みも半ばを過ぎ、学食内も少しずつ人が減ってきた。国吉は朝陽の隣の席が空いたと見るや、ごく自然な仕草でそこに腰を下ろした。

「国吉は飯食べ終わってんの？　荷物もあっちのテーブルにあるんだろ？」

「もう食べきったし、荷物は後で取りに行くからいい」

「んじゃ、俺もう食い終わったしお茶持ってくるけど、お前らも飲む？」

「ああ、ありがとう」

国吉が及川に礼を言い、カレーを口いっぱい頬張った朝陽も、よろしく、と手を振った。

テーブルに目を戻した朝陽は、国吉が自分を見ているのに気づいて手を止める。口の中のものを飲み込み「どうした」と尋ねてみたが、国吉は何も答えない。それでもなお朝陽を見詰めて動かないので不審に思っていると、ようやく国吉が言葉を発した。

「どうして声をかけてくれなかったの?」

朝陽はモグモグと口を動かしながら、ん? と内心で首を傾げる。

こちらを見る国吉の目が揺れた。言葉に迷うように黙り込んで、テーブルの上で何度も手を組み替えている。

何やら考えあぐねている様子を眺めながらカレーを食べていると、意を決したように国吉が口を開いた。

「学食に来たのに、俺たちから離れた席に座ったから……もしかして、怒ってるのかと」

国吉が何を言っているのかよくわからず、朝陽は眉根を寄せてカレーを嚥下《えんげ》した。

「……怒るって、国吉に対してか? 俺が怒るような理由なんて何かあったか?」

それは、と国吉は言葉を詰まらせ、窺うような目で朝陽を見た。

「昨日の夜、帰り際に少し、朝陽の様子がおかしかったような気がしたから……」

気まずそうに目を逸らされて、ようやく昨晩の出来事を国吉が気にしているのだと気がついた。告白を流してしまったことに後から罪悪感を覚えたのかもしれない。しかし朝陽の方は自分でも意外なほどに吹っ切れていて、けろりとした顔で言い返す。

「怒ってなんてない。この席に座ったのは、本当に国吉たちに気がつかなかっただけだ」

朝陽としては、国吉が昨日のことをそんなに気にしていることの方が驚きだ。てっきり国吉の方からその話題に触れてくることなどないと思っていた。

「……そう、か？　だったら、いいんだけど」

国吉はしばらく窺うように朝陽の顔を見ていたが、及川が三人分の緑茶を淹れて戻ってきたからかそれ以上は何も言わなかった。朝陽もカレーを食べ終え、離れた席に座っていた友人たちとも合流して学食を出る。

朝から降っていた雨はまだ止まず、各々傘を差して歩き出したところで国吉が思いついたように口を開いた。

「ゼミ棟にできたハチの巣、今から見に行こうか。朝陽、まだ見てないだろうし」

「え、行かない」

雨降ってるだろ、と朝陽が言い添えるより早く、隣を歩いていた国吉の足が止まった。

何事かと朝陽も立ち止まると、目を見開いた国吉にぐっと顔を近づけられた。

「朝陽、首だけじゃなくどこか体調も悪いんじゃ……？」

「え、なんで、どこも悪くないぞ」

「だったらどうしてハチの巣を見に行かないなんて……!?」

「だって、この雨だし、ハチの巣なんかすぐになくなるものでもないし……」

「ハチの巣なんか⁉」

　傘の内側に、国吉のひどく動揺した声が響く。見上げた顔は真っ青で、むしろ国吉の方がどこか具合が悪いのではと不安になった。

　国吉は口元を手で覆い、独白めいた口調で呟く。

「これまでの朝陽だったら、巣だろうと抜け殻だろうと、虫にまつわるものがあると知れば他の全部を放り出してでも見に行ってたのに……」

「そうは言っても、この雨だぞ」

　雨に濡れたら寒いだろうと言い返そうとしたら、及川たちが会話に割り込んできた。

「なんだよ二人とも、言い争っちゃって。喧嘩でもしてんの？」

「なんでそうなる」

「だって尾瀬がハチの巣を見に行かないとか言うから。国吉と一緒に行きたくないとか、そういう話かなぁって」

「馬鹿馬鹿しい、そんなわけないだろう。なあ、国吉――」

　笑いながら国吉を振り返った朝陽だったが、こちらを見下ろす国吉は衝撃を受けたような顔をしていて、ぎょっとした。

「く……国吉？　どうした？」

「え、やっぱりお前ら喧嘩してんの？」

及川がまぜっかえしてきて、朝陽は「してない！」と声を高くした。

「そういうわけじゃないが、もう時間もぎりぎりだろう。早く行かないと遅れるぞ」

朝陽は正論を口にしているはずなのに、国吉だけでなく及川たちも揃って腑に落ちない顔だ。

皆を促して講義棟へ向かう途中、朝陽は隣を歩く国吉の顔を盗み見た。国吉は、腑に落ちないどころか悄然《しょうぜん》とした顔だ。青い傘など差しているせいか、頬までうっすら青ざめて見える。

その横顔を見上げ、国吉は以前からこんな顔をしていただろうかと朝陽は目を眇《すが》めた。今日はどこか印象が違って見える。だが、何が違うのだと問われたところで具体的な言葉は出てこない。顔の作りは一緒だ。それはわかる。でも違う。

さっきだって、朝陽がハチの巣を見に行かないと言っただけであの騒ぎだ。

（……ハチの巣ぐらい、そんなに熱心に見に行ったりしないよな？）

でも国吉は打ち沈んだ顔をしている。その横顔が昨日までと違って見えるのはなぜだ。言葉にできない違和感で窒息しそうで、朝陽は傘の下でもどかしく喉元を掻いた。

六月に入ると本格的に梅雨入りして雨の日が増えた。

朝は肌寒く薄暗いおかげで、アラームが鳴ってもなかなかベッドから出ることができない。だんだん学校に行く時間が遅くなって、今や朝陽は講義が始まる十分前に学校の門を潜るのが日常になった。講義の前に校内を歩き回って虫を探すこともしていない。

ゼミ棟の近くにできたというハチの巣は、そのうち見に行こうと思っていたらいつの間にか撤去されていた。最近は光る蝶も見に行っていない。梅雨が明けたらまた見たいとは思っているが、今年の梅雨は長そうだ。連日の雨で、休日も家にこもる日が増えた。

「最近は、あんまり虫を探しに行ってないね」

学校ではよく国吉からこんな言葉をかけられる。ここのところ、携帯電話で撮った虫の写真を国吉に見せたり、虫のうんちくを披露することがめっきり減ったからだろう。

何かないのかと国吉に促され、休み時間に携帯電話に保存した写真を探してみるが、これといった一枚が見つからない。そもそも最近撮った写真自体がない。

「最近、外を歩いてもあまり虫を見つけられなくてな。この雨のせいかもしれないが」

「……でも朝陽、前は雨宿りしてる虫を見つけるの得意だっただろ。雨の日はいつもと違う虫たちの表情も見られるって喜んでたのに」

「そうだったか？」

携帯電話をしまった朝陽は、何気なく国吉に目を向けてぎくりと体を強張らせる。朝陽の気のない返事に衝撃を受けたのか、国吉が理不尽に頬でもひっぱたかれたような顔でこちらを見ていたからだ。

「さ、探してはいるんだけどな！　もしかすると、目が悪くなったのかもしれない！」

最近、こういう場面が増えた。朝陽は普段通りの態度で接しているつもりなのだが、気がつくと国吉が落ち込んだような顔で項垂《うなだ》れている。その様子を見てやっと朝陽も自分の受け答えに何か問題があったらしいと気づくのだが、朝陽としては別段国吉への態度を変えた自覚もないので改善のしようがないのが問題だ。

「物が見えにくくなってるなら、眼鏡でも買いに行く？　よかったら、学校の帰りにでも一緒に眼鏡屋に行こう。ちょっと見るだけでもいいし」

うん、と朝陽は頷くが、ぜひともつき合ってくれ、という言葉は出てこない。国吉は明らかにその言葉を待っていたのに、そんな国吉の表情にすら気づかなかった。

日常に、少しずつ不協和音が増えていく。

その理由を見いだせないうちに中間試験が迫ってきて、俄《にわ》かに周囲は過去問集めと試験対策で慌ただしくなった。多くの講義を履修している朝陽も試験対策にかかりきりになって、小さな違和感にいちいち立ち止まっている暇もなくなってしまう。

中間試験が終わる頃には、靴の中に入った小石のような違和感もすっかりすり減り、朝陽が自分の言動に疑問を持つこともなくなっていた。

「だいぶ日が長くなってきたなー！」

中間試験が終わってから早一週間。テストの答案が続々と返ってきて、講義のたびに項垂れていた及川がやけくそじみた声で叫ぶ。

及川と同じ講義に出ていた朝陽は、これは相当ひどい結果だったのだろうと同情しつつ空を見上げた。今日最後の講義を終え、時刻はすでに夜の七時近いが、まだうっすらと西の空が明るい。夏至も近い頃だ。

二人で図書館ロビーの前を通りかかったとき、お、と及川が声を上げた。

「国吉だ。ほら、ロビーの中」

及川が指さした先、ガラス張りの図書館ロビーに国吉の姿があった。ソファーに腰掛け、他の学部の生徒だろう男女と話し込んでいる。国吉が履修している今日の講義はすべて終わっているはずだから、帰り際にいつもの調子で呼び止められたのだろう。

「俺、最近尾瀬より先に国吉のこと見つけられるようになっちゃったな」

及川が大げさに胸を張ってみせる。朝陽が「そうだな」と相槌を打つと、たちまち及川は張り合いを失った顔になって反らしていた胸をへこませた。

「なんだよ、ちょっと前だったら『俺の方が先に国吉を見つけてた！』とか本気で食って掛かってきたくせに」

「そう言われてもな。……なんだ、図書館に用でもあるのか？」

図書館に向かおうとする及川の背に声をかけると、及川にぽかんとした顔をされた。

「え……用があるのは俺じゃなくて、尾瀬だろ？」

「俺は別に図書館に用はないぞ」

「いや、図書館じゃなくて国吉だよ。声かけなくていいのか？」

「国吉にも特に用はないんだが」

朝陽の言葉に、及川は目玉も転げ落ちんばかりに目を見開いた。

「えっ、用がない？　お前が？　国吉に？　用がないって言ったのか？」

「そうだな。今は別に」

「だってお前、これまでは目の端を国吉の影が掠めるだけで反応して追っかけてたのに？　国吉に虫の話をするのがお前の生きがいじゃなかったのか？」

大げさな、と眉を上げ、朝陽はロビーで他の学生とお喋りに興じている国吉に目を向けた。

「盛り上がってるし、邪魔しちゃ悪い。俺は別に用もないから帰る」

あっさりと踵《きびす》を返した朝陽を見て、及川が口を半開きにした。両目を見開き、まるで固い拳でも腹にめり込まされたような顔だ。

「何をそんなに驚いてるんだ？」

訝しんで眉を寄せると、及川は本当に腹を殴られでもしたように両手で腹部を押さえ、

「驚くだろ……！」と呻いた。

「だって、おま……お前、あんなに国吉にべったりだったのに。国吉以外の誰がお前の目くるめく虫物語に耳を傾けてくれるんだよ？」

「そう言われても、最近は虫の話自体していないしな」

及川は、まさか、と笑い飛ばそうとしたようだが、一拍置いて真顔になった。

「本当だ、最近尾瀬の虫物語聞いてない！　いつもは嫌でも国吉と喋ってる内容が漏れ聞こえてくるのに！　休み時間に尾瀬がキャンパス内を徘徊する姿も最近見てないし……あれ、もしかして尾瀬、具合悪い？」

いや、と朝陽は首を横に振る。ここのところ雨続きで、傘を差してまで虫を探して回ろうという気にはなれなかっただけだ。

虫を探しに行かなくなると、息せき切って国吉に報告したくなる目新しい発見も情報もなくなった。そうなると今度は、すぐ近くに虫がいても見逃すようになった。別に視力が落ちたわけでもないのだが、体内のセンサーが鈍ってしまったかのようだ。

(虫に注意が向かなくなったら、国吉のこともよく見逃すようになったな)

そんなことを思っていたら、及川が横からひょいと朝陽の顔を覗き込んできた。

「前みたいに昆虫三昧じゃなくなったなら、尾瀬もこのゲームやってみない？」

及川が携帯電話の画面を朝陽に向けてくる。表示されているのはアプリのゲーム画面だ。色の異なる六角形の宝石のようなものが画面を埋め尽くしている。

「……なんだこれは？」

「ジュエルハートクラッシャーズっていうパズルゲーム。このジュエルを指で動かして、色を揃えて縦か横に四つ並べると、ほら、割れただろ？　ジュエルは宝石の国を支配するモンスターの心臓って設定でさ、全部消せたらステージクリアになるんだよ」

ルール自体は単純だが、色を消す順番によってゲームが有利に進んだり、連鎖的に他の色のジュエルを消すことで魔法が使えたりと、意外と戦略性のあるゲームらしい。

テレビゲームなら子供の頃に少し触ったことのある朝陽だが、アプリゲームの類はほとんど手を出したことがない。興味もなかったが、及川があまり熱心に勧めてくるので渋々その場でゲームをインストールした。

「このゲーム、マルチプレイもできるから一緒に頑張ろうな！」

「……マルチ、とか言われても、俺はよくわからないんだが」

「任せろ！　ちゃんと俺が教えるから！　これで星原《ほしはら》さんたちともプレイできる！」

星原は最近及川の口からよく出る名前で、いつも教室の最前列で講義を受けている女子三人組の一人だ。

「噂によると、星原さんたちも結構このゲームやり込んでるらしいんだよ。だからこれをきっかけに星原さんたちとお近づきになれないかと思ってさぁ。ほら、さっそくチュートリアル済ませちゃおうぜ！　俺も最初のステージくらいはつき合うから！」

及川はどうにかこうにか夏休み前に同じ学科の女子と接点を持ちたいらしい。三年に進級すれば就職活動も本格化してしまうし、恋愛にうつつを抜かせるのは今年が最後だという危機感を抱いているようだ。

朝陽は近くのファミリーレストランに連れ込まれ、及川にドリンクバーをおごってもらってジュエルハートクラッシャーズ、通称ジェルクラをプレイする羽目になった。

どうせ家に帰っても課題くらいしかすることもない。ちょっとした暇つぶしのつもりだったが、幼い頃から昆虫を追い続けていた朝陽の動体視力と、閃光が一線するように虫網を振るう反射神経はなかなかのもので、そう時間もかからないうちに及川と遜色《そんしょく》なくプレイできるようになってしまった。

あっという間に一時間が過ぎ、さらにもう一時間が経過した。

「……なあ、尾瀬、そろそろ帰らない？　俺もう目が痛いよ」

最初に泣き言を漏らしたのは及川の方だったが、朝陽は生返事をするばかりで画面から顔を上げようとしない。昆虫を追いかけなくなってから、こんなに一つのことに没頭するのは久々だった。

結局朝陽はその日のうちに及川が手詰まりになっているステージをクリアし、さらに次のステージを踏破。一晩のうちに及川のレベルを追い越すまでに至ったのだった。

赤、黄色、紫、緑。宝石箱をひっくり返したように無秩序に散らばるジュエルを、朝陽は真顔で凝視する。人差し指を立て、指先で宙をなぞって予行練習をしたら、携帯電話の画面に指をつける。後はもう時間との勝負だ。ジュエルを動かせる時間はあらかじめ決まっていて、残り時間を表示するバーが消えぬうちに息すら詰めて指を動かした。ばらばらに散らばっていたジュエルが動き、磁石が引き合うように同じ色同士が固まっていく。

朝陽が画面から指を離すと、カシャン、とガラスの砕けるような音が携帯電話から響いた。同じ色を四つつなげたジュエルが砕け散る音だ。

カシャンカシャンカシャンとジュエルの砕ける音が連続して響き、朝陽の肩越しに画面を見守っていた及川たちがどよめいた。

「凄ぇ、十三コンボ……！」

「レアキャラ一人も使ってないのにもうそんなステージクリアしてんの？」

「尾瀬、いつからジェルクラやってた？　相当やり込んでるだろ、これ」

昼休み、教室で次の講義が始まるのを待ちながら、朝陽は画面から目を上げることもせず「いつだったか」と呟く。その間も指の動きは止まらない。

「及川に教えてもらったのが、先週の……月曜か」

「えっ、丸一週間しか経ってないじゃん!?　おい、及川マジか？」

朝陽を囲んでいた友人の一人が及川に尋ねる。及川は食い入るような目で朝陽の手元を見たまま、「本当」と答え、突然くしゃりと顔を歪めた。

「俺なんてもう半年もジェルクラやってるのに、一週間で尾瀬に抜かれるなんて！」

「いや、これはもう及川を抜くとかそういうレベルじゃないだろ」

「全国ランキングの順位がえぐいことになってるもんな。マジで一週間でこれか……」

背後で友人たちががやがや喋っているが、朝陽は一向に振り返らずゲームに没頭する。

単純なゲームのように見えて、意外とジェルクラは奥が深い。あれこれ戦略を考えながらプレイしていると時間を忘れた。

特に、オンラインで他のプレイヤーと対戦すると、その勝敗数によって各プレイヤーのランキングが表示されるのがいい。着々とランクが上がるとわくわくする。無心で虫を追いかけるときの心境に似ていて、朝陽はすぐに夢中になった。朝も夜も休み時間も、暇さえあればジェルクラをプレイしている。最近は昼休みに学食へ行く時間すら惜しんで、生協で適当に買ったおにぎりなどを教室で食べるようになっていた。

黙々と携帯電話の画面を指先でなぞっていたら、隣の席に誰かが腰かけた。

「今日も虫探しは休み？」

横から声をかけられて、朝陽の耳がわずかに動く。耳だけでなく周辺の頭皮まで動いて肌が突っ張るような感触がしたが、やはり朝陽は画面から目を上げず、「うん」とだけ返した。顔を向けて確認するまでもない。声だけでわかる。隣に座ったのは国吉だ。

画面の中ではひっきりなしにジュエルが砕けている。まとまってはまた無秩序に散らばっていくジュエルを眺めていたら、国吉にまた声をかけられた。

「生協の脇に大きいクモの巣が張られてたのは見た？」

朝陽はちらりと国吉に視線を向け、「見てない」とだけ返す。

国吉は一瞬流れてきた朝陽の視線を捕まえるかのように「かなり大きかったぞ」と身振りを交えて伝えてきた。

「後で見に行かない？」

「でも、外は雨が降ってるだろ」

画面に視線を戻しながら朝陽が言うと、国吉がさらに身を乗り出してきた。

「朝陽、雨の日に虫探しするの好きだったろ？　普段は空気に透けて見えにくいクモの巣も、水滴がつくとレース編みみたいになって綺麗だって教えてくれたの朝陽だぞ。生協脇の巣にも、雨粒がたくさんついて光ってた」

国吉から熱心に誘われているにもかかわらず、朝陽はジュルクラをプレイする手も止めず煮え切らない返事をする。その様子を見て、及川たちが感じ入ったような声を上げた。

「尾瀬は急に大人になったなぁ。ついこの前まで、夏休みの小学生みたいに夢中になって虫を追いかけてたっていうのに」

「最近は国吉の方が虫に夢中じゃないか？」

「二人の会話を聞いてるとどっちが虫好きだかわかんないときあるもんな」

後ろにいる及川たちの会話を聞き流してゲームをしていると、目の端に国吉の顔が映った。朝陽に声をかけるわけでもなく、ただじっとこちらを見ている。

及川たちにゲーム画面を凝視されても何も思わないのに、国吉に見られていると思うと妙に気になる。それに、国吉が見ているのは画面ではなく朝陽の横顔だ。

視線が肌に刺さるようで、手の甲で頬を拭ったら手元が狂ってミスをした。それで集中力が途切れたのか、後はもう巻き返すこともできずゲームオーバーだ。

朝陽は机に携帯電話を置き、天井に顔を向けて深く息を吐いた。瞼を閉じると、乾いた眼球にじゅわっと涙が沁みるようだ。

「最近の尾瀬は国吉のこと好き好き言うこともなくなったし、国吉も淋しいんじゃないか？」

及川が国吉に話を振っている。及川の軽口など笑って流して終わりだろうと思いきや、国吉から返ってきたのは予想外に小さな声だ。

「……そうだな。少し、淋しい」

冗談にしては重たいトーンにどきりとして、朝陽はその場の空気を掻き回すようにわざと声を立てて笑った。

「そんなことぺらぺら口にしてた前の俺がおかしかったんだろう」

「ええ？　なんだよ、尾瀬はもう国吉のこと好きじゃないのか？」

及川の口調がやけに心配そうなのは、最近の朝陽と国吉の態度を見て、二人が喧嘩をしているると勘違いしていているせいかもしれない。軽そうに見えて他人の諍《いさか》いを放っておけない気のいい男なのだ。

間違いを正そうと目を開けたら、予想外に近くに国吉の顔があってぎょっとした。

国吉は机に肘をつき、じっと朝陽の顔を見ている。随分と真剣な表情だ。

「な、なんだ？」

「いや。なんて答えるのかなと思って」

「何が」

「及川の質問。朝陽はもう、俺のこと好きじゃない？」

真顔で訊かれて困惑した。及川の心配が的外れなことくらい国吉だってわかっているだろうに。

「まさか。好きだぞ」

「好きって、前と同じように？」

「……そう、だな？」

どうしてか、返事をするとき少し間が空いてしまった。

国吉のことは好きだ。高校の頃からずっと国吉を追いかけてきた。告白だって失敗したのにこうしてそばにいるくらいには好きだ。大好きだ。

好きなのに、前と同じように好きかと訊かれて動揺した。

国吉のことを思うとき、以前はもっと腹の底から突き上げてくるような感情があった。好きだ、と思い、それだけでは足りず、その場で地団太《じだんだ》を踏んでしまうような。

それに比べると、今の気持ちは随分と凪いでいる。

そっと国吉の顔を窺い見たら目が合って、胸の内側で小さく心臓が跳ねた。でもそれは、秋の野を力強くバッタが跳ねるような動きではない。冬が来て、冷たい地面に横倒れになったバッタが小さく脚を掻くような、そんな微かな動きだった。

国吉のことが好きだと思う。それは間違いないのに、前とは何かが違っている。だとしても、朝陽は確信を持ってこう言える。

「俺がお前を好きじゃなくなる日なんて、くるわけがない」

力強く断言すると、こちらを見ていた国吉が軽く目を見開いた。瞬きとともにその目元がゆっくりとほころんで、最後は柔らかな笑顔になる。

「……そうか。ならよかった」

こんなこと敢えて口にするまでもないと思ったのに、国吉はやけに嬉しそうな顔だ。声までいくらか明るくなって「朝陽、今日一緒に帰ろう」と誘ってくる。

「国吉は四限で帰るんだろう？　俺は五限まであるぞ？」

「いいよ、どこかで待ってる。アリの巣穴でも眺めながら」

冗談めかして国吉が言う。だから朝陽も笑って返した。

「そんなもの見て面白いか？」

朝陽の言葉が終わると同時に、床にドサドサと教科書やノートが落ちた。国吉が手元を狂わせたらしい。しかし国吉は落としたものには目もくれず、教科書を持った手の形もそのままに朝陽を見て動かない。

「国吉？　どうした、教科書落ちてるぞ」

朝陽が身を屈めて教科書を拾おうとすると、追いかけるように上体を倒した国吉に勢いよく手首を摑まれた。

机より下に頭を下げ、他の生徒たちの視線が届かぬ場所で朝陽の手を摑んだ国吉は、蒼白な顔で口早に告げる。

「朝陽、学校の帰りに俺の家まで来てくれないか」

「え、な、なんでだ？」

「理由は後で詳しく説明する、だから頼む、本当に、頼むから」

表情もなく言い募る国吉の様子は尋常《じんじょう》でない。その勢いに押され、朝陽も帰りに国吉の家に寄ることを承諾してしまった。

手首を摑む国吉の手が離れ、朝陽は教科書とノートを拾って国吉に渡す。国吉は相変わらず青い顔で「ありがとう」と返してくれたが、笑顔を浮かべる余裕はないらしい。

何が起きたのかわからず、朝陽は困惑しながら手首をさする。

国吉の必死さを物語るように、手首には薄く赤い痣が出来ていた。


五限の講義が終わるとすぐに国吉が教室までやって来て、そのまま二人で学校を出た。駅に向かう途中、国吉は電話で実家に連絡を入れていた。電話口で口早に家族と会話をして、電車に乗り込んだ後は物思いに沈んだように俯いて何も言わない。

いつにない国吉の態度に戸惑いつつも電車を降り、ほとんど会話もないまま神社に到着すると、神門の前に国吉の父、浩一郎《こういちろう》が立っていた。

朝陽も何度か浩一郎と顔を合わせたことがあるが、宮司として袴《はかま》を穿いた姿ではなく、私服姿を見るのは初めてだ。普段から和装で過ごしているのか紺色の着物を着た浩一郎は、貫禄のある腹に帯を締め、ふっくらと丸い顔に眼鏡をかけてニコニコと笑っている。

「久しぶりだね、朝陽君。早速だけど、母屋にどうぞ。お茶の用意もしてるから」

「あ、わざわざすみません」

朝陽はぺこりと頭を下げ、隣にいる国吉の横顔を窺い見る。国吉は相変わらず深刻な表情で、父親の前でも一切余計な口を利かない。

なぜ急に国吉の家に呼ばれたのかもわからなければ、こうして浩一郎に迎えられる理由もわからず、戸惑いながら朝陽は国吉家の母屋に足を踏み入れた。

通されたのは、床の間のある広い和室だ。部屋の中央には大きな座卓が置かれ、まずは浩一郎が床の間を背に腰を下ろし、その向かいに朝陽と国吉も隣り合って座った。座卓には三人分の湯呑と菓子箱も用意されていたが、とても手を出せる雰囲気ではない。

妙にかしこまった空気の中、口火を切ったのは国吉だった。

「朝陽の心が蝶に食われた」

室内に響いた声は重々しかったが、その内容は耳を疑うものだ。蝶が心を食べるというのは、子供だましの迷信ではなかったのか。目を白黒させて国吉親子の表情を窺うしかない朝陽の前で、浩一郎が眼鏡のブリッジを押し上げる。

「朝陽君は、あの蝶を見たのか？」

「見た。それに、この一か月何度も山に入ってる」

朝陽はぎくりと身を強張らせる。勝手に山に足を踏み入れていたことがばれてしまった。慌てて「すみませんでした」と頭を下げた朝陽を見て、浩一郎は「その件は後で」と目を細めた。だが国吉に視線を戻したときにはもう、その目から笑みは消えている。

「蝶が朝陽君の心を食ったと思うに至った理由は？」

「朝陽は無類の虫好きだ。睡眠欲や食欲と同列に、昆虫欲としか言いようのない業を抱えて生きてる。だからあの蝶にもとんでもない興味を示したし、毎度自力で餌箱まで辿り着いてた。俺たちのつけた目印を追うわけでもなく、ただあの蝶を追いかけて」

眼鏡の奥で浩一郎が目を見開いた。それは凄い、と呟く声には純粋な驚きが滲んでいる。

「虫のこととなると朝陽は草食動物並みに視野角が広がる。どんな小さな羽虫だろうと見逃さない。それがここ数週間は明らかに虫に対する感度が下がってる。山であの蝶を見てからだ。今日なんて、アリの巣なんて見て面白いかって言われたんだ。高校時代は一時間でも二時間でもアリの巣を眺めてた奴が。異常事態だ、早急に対処する必要がある」

大げさな、と朝陽は呆れたが、浩一郎は真剣な顔で朝陽を見遣る。

「どうだろう、朝陽君。君自身、虫に対する興味が失せてしまった自覚はあるの？」

「興味がない、というか……最近いくつか習慣が変わったことはありますが……」

どんな？　と国吉と浩一郎が声を揃える。

二人の迫力に気圧されつつ、朝陽は指折り数えて自分の変化を挙げた。

「講義が始まる前に学校内で虫を探すことがなくなった、とか……？　休み時間に虫を探すことも、眠る前に昆虫図鑑を読むこともなくなりましたね。休みの日に森や山に行って虫の写真を撮ってくることもなくなったし。実はＳＮＳにも写真をアップしていて……あ、国吉には言ってなかったか？　フォロワーも結構いるんだぞ。でも、ここのところＳＮＳにログインすらしていなくて……」

浩一郎が「朝陽君のアカウント見せてもらっていい?」と言うので、携帯電話から自身のSNSにログインして国吉親子に見せた。二人は画面をのぞき込み、揃って喉の奥で唸る。

「凄い情報量だね……。写真の数が尋常じゃないし、昆虫の大きさをミリ単位で計測してる。分布図まであるの？　分類学、生態学、形態学を独学で修めようとしてるのか」

「フォロワーとのやりとりも何往復もしてる……。しかもこの人たち、農業大学の教授とか昆虫関連の本を出版してる人とか、ただの一般人じゃないな……?」

高校に入ってから朝陽が始めたSNSはここ数年毎日欠かさず更新していたが、二週間ほど前から更新頻度が落ちて、一週間前を最後にふつりと更新が途絶えている。

「更新しなくなったのには何か理由が?」

「そういうわけじゃないんですが、特に書くこともなかったので」

ふむ、と頷いて浩一郎は眼鏡を押し上げる。最後にもう一度朝陽のSNSを眺め、参ったな、と後ろ頭を掻いた。

「これは間違いなく、食われたねぇ」

のどかな言い草に、はあ、と気のない返事をしてしまった。むしろ隣に座る国吉の方がよほど深刻な顔で「やっぱり……」なんて声を震わせている。

「三年以上、三百六十五日ほとばしるように昆虫にまつわる文章を書き綴っていた人間が、なんの理由もなく『書くこともない』なんて言い出すとは思えないからね。これは確実に食われてる」

「あの、でも、蝶が人の心を食うなんて、子供だましの嘘なのでは？」

「私たちもそう思っていたんだけれど、朝陽君の様子を見るに、どうやら全部が全部子供だましの嘘ってわけでもなさそうだ」

「じ、じゃあ、あの蝶のせいで俺は昆虫に興味がなくなった、と？」

そんなまさか、と笑い飛ばしたかったが、浩一郎は冗談を言っているふうでもない。何より国吉の表情が真剣すぎる。強張った横顔からはすっかり血の気が引いていた。

「そうだなぁ。まずは朝陽君にうちの神社の縁起を教えておこうか。ただし、これは本来神社の関係者以外には口外禁止の内容だから、ここだけの話にしてもらわないと困る。君の胸の内にだけ留めておいて、他言しないと約束できるかな？」

浩一郎は笑顔だが、声には重々しい響きがあった。軽はずみな言動は慎むべきだと直感して、朝陽は座布団の上で正座をしてしっかりと頷き返す。

よし、と小さく頷いて、浩一郎は腕を組んだ。

「君が山で見たあの蝶々はね、生き物というより、山の怪異《かいい》に近い存在なんだよ」

「かい……？」

「妖怪とか、化け物と言った方がわかりやすいかな？」

話の内容が突飛すぎて理解できない。助けを求めるつもりで国吉に視線を向けると、

「朝陽の言いたいことはわかる」と困ったような顔をされてしまった。

「俺だってこんな話、ちょっと前まで単なる作り話だと思ってたんだ。でも、ここ数週間の朝陽の豹変《ひょうへん》ぶりを見たら俄然信憑性が出てきた。ぴんとこないかもしれないけど、我慢してちょっと話を聞いてほしい」

戸惑いつつも視線を前に戻すと、浩一郎が微苦笑を浮かべてこちらを見ていた。

「清十郎の言う通りだ。私だってこれまであの蝶はただの珍しい蝶としか思っていなかった。だからこの神社に伝わっている縁起もおとぎ話の類だと思っていたけれど、今となってはわからなくなってきてしまったな」

そう前置きして、浩一郎は国吉神社の縁起について語り始めた。

「うちに残っている絵巻によると、平安の頃、とある陰陽師が鬼退治をしたそうだ。でも鬼の遺骸をそのままにしておいてはまた復活してしまう恐れがある。だから鬼の体を、頭、胴、腕、脚、指、耳、目とバラバラにして、日本各地の山々に埋めたらしい」

鬼を討って数年が経つと、鬼を埋めた場所の周りを青白く光る蝶が飛び始めた。人魂を思わせる蝶は鬼の魂の名残かもしれず、各地に散らばる蝶たちが一所に集まれば、またあの鬼が復活してしまうかもわからない。そうならぬよう、鬼を倒した一族の末裔が鬼の体を埋めた山と、光る蝶を見守っていくことになった。

「蝶が一つの山に集合してしまわないように、私たちはそれぞれの神社で蝶の餌を用意してる。餌を多めに用意すれば蝶たちは長く山に留まるし、減らせばすぐに飛び去っていく。そうやって蝶が山に滞在する時間を調整して、複数の鬼塚に分散させているんだ。すべての蝶が消えるまで見守り続けるのが我々の役目であり、悲願でもある……まあ、このくだりを読んだときは私も、御神体としているはずの蝶が本当に消えてしまったらまずいんじゃないかな、と思ったものだけれどね」

鬼退治なんて俄かには信じられない話だが、闇夜に光るあの蝶がこの世ならざるものだということは朝陽にもぼんやりと理解できた。でなければ、あれほど美しい蝶が未だに世界中の誰にも発見されていない理由が説明できない。写真を撮ろうとしても毎度ピンボケしてはっきり撮影できないのも、妖《あやか》しの類なら説明がつく。

浩一郎は着物の袖の中で腕を組んで続ける。

「あの蝶が人目につかないように私たちが苦心していたのは、蝶が人の心を食べるという言い伝えもあったからだ。朝陽君も清十郎から聞いてないかな？」

「聞いていますが……」と言葉を濁した朝陽を見て、浩一郎は苦笑を漏らした。

「まあ、信じられないよねぇ。私たちだって、あの蝶の鱗粉には肌をただれさせるような毒でもあって、おいそれと人を近づけないように昔の人はあんな言い伝えを残したのかな、と思っていたくらいだ。一応、山に入る前はあの蝶が嫌う香を焚きしめたりしたけれど、これまで特に害も出なかったから気にしたことすらなかったよ」

「でも、実際朝陽の心は食われた」

浩一郎がのんびりとした口調を崩さないことに焦れたのか、横から国吉が口を挟んできた。浩一郎とは違い、鬼気迫る表情で国吉は朝陽に言う。

「前にも言っただろ。蝶に心を食われるといろいろな物事に対する興味や関心が薄れて、何かを好きだと思う気持ちがなくなるって。あの蝶は、きっと人の感情を餌にするんだ」

国吉の口調は必死だ。朝陽も一応は頷いてみるのだが、やはりすぐには実感が湧かない。頷いたつもりが顎先が斜めに滑ってしまい、国吉が焦れったそうに膝の上で拳を握った。

「最近の朝陽の様子を見ていたら疑いようなんてない。あの蝶は人間の感情を吸い上げる。考えたら、俺たちが蝶に与えていた餌だって境内の御神木からとった樹液だ。うちの参拝客は御神木に触って良縁祈願をする間、ずっと好きな相手のことを考えてる。相手への恋心や、想いを遂げたい切実な感情が樹液に凝縮されてるってことは考えられない？　だからあの樹液に蝶たちは群がる」

「ははあ、それはお父さんも考えたことがなかったなぁ」

座卓の向こうで浩一郎が感心したような声を上げた。口調がすっかり息子に対するそれになっている。国吉は浩一郎を軽く睨んで黙らせ、再び朝陽に顔を向けた。

「朝陽は虫を好きだと思う気持ちをあの蝶に吸いつくされたんだ。でなければこの短期間で急速に虫に対する情熱が消えるわけない。他の人間だったら『そんなこともあるかもな』

で済む話かもしれないけど、朝陽だよ？　朝陽が虫に興味を持たないなんて……！」

国吉がここまで言うのだから、傍目にも自分の変化は顕著なのだろう。しかし当の本人に自覚が乏しい。それほど以前の自分は虫に夢中になっていただろうかと首を傾げてしまい、その反応こそがあり得ないのだと国吉に熱弁を振るわれてしまった。

収拾がつかなくなってきたのを見て取ったのか、浩一郎が二人の間に割って入る。

「私たちだってあの蝶に本当にそんな力があるなんて信じていなかったわけだし、朝陽君がすぐに事態を受け入れられないのも仕方ない。ただ、実際に蝶が人間の感情を吸うとわかったからにはいろいろ調べておきたいね。朝陽君、蝶に襲われたりした覚えは？」

「え、いや……特にないですね。蝶に触ったこともないですし」

「知らない間に吸われてたってことかな？」

「あんな暗い山の中で光る蝶が近づいて来たらわかりそうな気もしますが……」

「確かにねぇ……。でも、死角から襲われたという可能性もある」

浩一郎はおもむろに立ち上がると、朝陽の傍らに膝をついた。

「朝陽君、ちょっと失礼。そのまま少し俯いてくれるかな」

言われるまま下を向くと、首の後ろにそっと浩一郎の指が触れた。項《うなじ》にかかる髪を掻きわけて何か探しているようだ。国吉も一緒に朝陽の首を覗き込み、あ、と声を上げた。

「な、なんだ？　何かあったのか？」

自分では見えないだけに不安になって声を上げると、国吉の低い声が耳を打った。

「……首の後ろに、注射を失敗したような痕がある。薄い痣みたいな」

「刺されたところが青紫色になる、あれか……？」

当然ながら、首の裏に注射などされた覚えはない。ようやく自分の体に何かが起きているのだという実感が湧いてきて、朝陽は掌で首の裏を押さえた。

「たぶん、そこから蝶に感情を吸い上げられたんだろうねぇ。文献には、蝶に心を食われるって書かれてたけど、実際には吸われるのかな」

朝陽は首裏を押さえたまま、恐る恐る浩一郎を振り返る。

「蝶に心を食われた人って、その後どうなるんですか……？」

問いかけに、浩一郎も国吉もすぐには返事をしなかった。顔を見合わせた二人の顔に緊張が漂っていることに気づいて、朝陽は首裏を摑む手に力を込める。

浩一郎は一度立ち上がると、再び座卓の向こうに戻って座布団に腰を下ろした。

「私たちが保管している古い書物には、蝶に心を食われた人間は衰弱していく、と書かれていたよ。ただ、どの程度衰弱するのかは、正直よくわからない」

朝陽を不要に動揺させないためか、努めて落ち着いた口調で浩一郎は告げた。

「一度食われた感情が戻ることは？」

朝陽に代わって国吉が質問を重ねる。

浩一郎は眼鏡のブリッジを押し上げ、鼻から深く息を吐いた。

「覚えている限り、蝶に心を食われた人間が再び心を取り戻す、という記述はなかった。でも、絶対に戻ってこないとも明言されていなかったはずだ」

可能性は半々ということだろう。今のところそれ以上の情報も思い当たらないそうで、浩一郎は改めて自宅の文献を読み直すと約束して朝陽を玄関先まで見送ってくれた。

「今回のことは本社の人たちにも報告してみるよ。蝶に心を食われた人に関する情報も訊いてみるけれど……あまり期待しないでね」

玄関先で、浩一郎は申し訳なさそうな顔でそんなことを言った。

蝶を見守っているのはかつて鬼を倒した陰陽師の一族だが、それはもうあまりにも遠い昔のことだ。本社と分社の間に血縁関係という意識は希薄で、本社は組織の上層部でしかない。極秘事項であるゆえに、問い合わせても黙殺されることは想像に難くないそうだ。

「全国に散らばる鬼塚――細かく分けた鬼の遺体を埋めた場所だね。その正確な場所すら、私たち分社の人間は知らされていない。万が一鬼の復活を目論《もくろ》む者が現れたら、蝶を誘導されてしまう可能性があるから」

心苦しそうな浩一郎に見送られ、朝陽は国吉の家を出た。駅までは国吉に送ってもらうことになり、浩一郎から聞かされた話を反芻《はんすう》しながらぼんやり歩く。わが身に起こったことなのに現実味がない。互いに会話もなく歩いていたら、ふいに国吉が低く呻いた。俯いて、片手で顔半分を覆っている。どうした、と朝陽が慌ててその顔を覗き込むと、国吉が指の隙間で顔を歪めたのが見えた。

「ごめん。こんなことになるなんて……。力尽くでも蝶から朝陽を引き離そうとしなかった俺の責任だ……」

心底己の行動を悔やんでいる様子の国吉を見上げ、朝陽は大いに焦った。国吉は最初から蝶に近づくなと警告してくれていたし、それを無視したのは朝陽自身だ。お前が気に病むことじゃない、と懸命に訴えたが、国吉は納得してくれない。

「少し前から朝陽の様子がおかしいのは気づいていたのに。すぐに対処すればよかった」

「そうは言っても、あんな荒唐無稽な話が現実に起こるなんて誰も思わないだろう。それに、虫を好きだと思う気持ちが消えたくらいで死にはしない」

俯いて地面に視線を落としていた国吉が、ゆっくりと目を見開いた。

朝陽を凝視するその顔は、死んだ人間でも見たかのような表情だ。激しい驚愕と、その後ろに微かな怯えが見え隠れする。

「……消えるのは、虫を好きだと思う気持ちだけとは限らないだろ」

「まあ、そうかもしれないな……?」

「それに、虫に興味をなくした朝陽は、なんだかこれまでの朝陽と違う気がする」

きょとんとする朝陽を見て、国吉はまた苦しそうに顔を歪めた。

「もし、他にも変わったことがあったらすぐに言ってほしい。何かできないか調べてみる。それから……次の休みに、一緒に昆虫園に行こう」

驚いて、すぐには返事ができなかった。これまで休日に朝陽から国吉を誘うことは何度もあったが、その逆は初めてだ。しかも行き先は、国吉自身はなんの興味もないだろう昆虫園である。

「なんだ、急に。昆虫園？　二人で行くのか？」

昆虫園を提案しても、喜ぶどころか困惑するばかりの朝陽を見て、国吉はますます不安を募らせたような表情で頷いた。

「蝶に食われた心を取り戻せるかどうかはわからないって父さんは言ってたけど、絶対に取り戻せないと決まったわけじゃないんだ。これまでみたいに虫と接する時間が増えれば虫への愛着も戻ってくるかもしれない」

どうやら国吉は、朝陽と蝶が接触するのを看過してしまったことにひどく責任を感じているらしい。そこまでしなくても大丈夫だ、と言いたいところだが、そんな突き放すような言葉を口にしたら、飼い主にリードを離された犬のごとく国吉が肩を落としてしまいそうで、朝陽は不承不承口を開いた。

「じゃあ、来週、一緒に行くか……？　昆虫園」

そう答えた途端、国吉の顔にわっと笑みが咲いた。勢い込んで何度も頷く姿は尻尾を振り回す大型犬じみていて、朝陽の口元にも苦笑が浮かぶ。

「どこがいいかな、調べておく。でも、もし朝陽のお勧めがあったらそこでも……」

「そうだな、俺がよく行く所でよければ案内するぞ」

最近は足を運んでいないが、少し前まで月に何度も通っていた場所だ。国吉に一から調べてもらうより話は早いだろうと提案すると、国吉の顔に浮かんだ笑みが深くなった。

「それじゃあ、待ち合わせ時間なんかはまたこっちから連絡するから」

駅の改札を潜った朝陽に向かって、国吉が大きく手を振る。楽しみで仕方がないと言いたげなその姿を見て、自然と朝陽の口元も緩んだ。

しかしこれでは本当に、どちらが昆虫好きなのかわからない。

（まあ、国吉と一緒ならそれなりに楽しめるか）

そんなことを考えながらホームに立つ朝陽の横顔には、昆虫園に行くという高揚感もなければ、国吉と二人きりで出かけられるという歓喜もない。ただ友人の強引な誘いに応じようとしている物分かりのいい笑みだけ浮かべ、朝陽は電車に乗り込んだ。

二限目の講義の始まりを告げるチャイムの音が教室に鳴り響く。にもかかわらず、教授は一向に現れない。臨時休講か？　と期待を込めた声がそこここから上がる中、前の席に座っていた及川がくるりと朝陽を振り返った。

「朝から気になってたんだけどさ、尾瀬が着てるそのシャツ、何？」

いつものように国吉と隣り合って座っていた朝陽は、国吉と目を合わせる。

朝陽が着ているのは、胸元に大きく蝶のイラストがプリントされた白いＴシャツだ。太いグレーの線で描かれた蝶はデフォルメされて、なんとも肩の力が抜けたゆるいタッチである。

「昆虫園で買ったシャツだ。土曜日に、国吉と一緒に行ってきた」

「昆虫園って……そんな尾瀬しか喜ばなそうな場所があんの？」

及川はＴシャツにプリントされた蝶のイラストを見て「なんて蝶？」と朝陽に尋ねた。

「ツシマウラボシシジミだ」

それだけ言って口を閉ざすと、及川の口から「へ」と間の抜けた声が上がった。

「……終わり？　他には？」

「他に何が聞きたいんだ？」

「いや、別に質問があるわけじゃないけど、尾瀬は放っておいてもあれこれ昆虫情報を提供してくるからてっきり今回もそうなのかと……。え、マジで何もないの？」

戸惑い顔で、及川は助けを求めるように国吉に目を向けた。

「国吉も一緒に行ったんだろ？　な、なんかあったか？」

「いや、別に、何も……」

何もと言いつつ、国吉の顔には疲労の色が強く、言葉尻も溜息に溶けてしまう。

「あ、もしかして昆虫マニアの尾瀬にさんざん連れ回されてさすがに疲れた？」

無邪気に尋ねてくる及川に、朝陽も国吉もすぐには返事ができない。だが、きっと心の中で思っている言葉は一緒だ。そうだったらどんなに良かったか、と。

先日の土曜、朝陽は国吉と待ち合わせをして、久々に昆虫園を訪れた。しかし園内の昆虫も、展示物も、そこに添えられた説明文も、何一つ朝陽の胸をざわつかせることはなく、一時間足らずで園を後にすることになった。

途中からすっかり飽きた表情を隠せなくなった朝陽を見て動揺したのは、朝陽本人ではなく国吉だ。国吉は虫の前を素通りしようとする朝陽の腕を引き、少しでも朝陽の気を引くべくあれこれ虫に関する質問をしてきたが、何を訊かれても朝陽は一本調子で質問に答えることしかできなかった。

知識はある。だがそれだけだ。よくぞ聞いてくれた、と朝陽が目を輝かせることはない。

あまりにも朝陽の反応が芳《かんば》しくなかったからか、国吉は最後に土産物コーナーに立ち寄って、「今日の記念に何かプレゼントさせてほしい」と申し出てきた。一度は断ったが、頼む、と頭を下げられてしまい、半ば無理やり手渡されたのがこのTシャツだ。

（これが蝶に心を食われるってことなのか）

虫に対する興味がすでに失せているのは自覚していたが、隣に国吉がいればもう少し楽しめるかと思っていた。だが実際は興味のない場所をうろついて足が疲れただけだったし、せっかく国吉からもらったシャツもあまりありがたくない。

虫への興味を失う前なら飛び上がるほど喜んだだろうか。必死で虫を追いかけていた頃の記憶だけはあるので想像は容易だが、どう頑張っても実感が伴わない。

少し前の自分を他人のように感じる。思い出せても理解はできない。過去の大部分を占めていた感情が突然色を失ってしまったようで、朝陽自身戸惑うばかりだ。蝶に心を食われるという荒唐無稽な話も、こうして我が身に降りかかれば認めざるを得なかった。

そんな事情など知らない及川は、蝶のＴシャツを着た朝陽を見て屈託なく笑う。

「でもなんか、久々にヤバ目のシャツ着て登校してる尾瀬が見られてよかった。やっぱ虫好きなんだな。尾瀬が昆虫追いかけ回してないと、なんか調子狂うわ」

それでこそ尾瀬、と言われてしまうとさすがに心苦しい。隣では、落ち込みすぎて表情すら作れなくなっている国吉が俯いている。

国吉を慰める言葉も見つからず曖昧に頷いていると、及川の隣に座っていた友人が明るい声を上げた。

「お、大学のサイト更新されてる。やっぱりこの時間休講だって」

「マジで！　じゃあ尾瀬、ジェルクラやろう！　このステージ激ムズで……！」

及川がいそいそと携帯電話を取り出すと、そばにいた友人たちも「俺も尾瀬と行きたい」とゲームに参加してきた。

「あれ、国吉はジェルクラやってないんだっけ？　基本無料だし、ダウンロードしてみたらいいのに」

「そうだな。そのうちやってみようかな」

国吉は机に肘をついてぼんやりと相槌を打ち、朝陽に視線を向けた。

「朝陽も、休み時間によくやってるし」

以前なら休講になったと聞くや虫を探しに外へ飛び出していた朝陽を思い出しているのかもしれない。朝陽の携帯電話に視線を向ける国吉の目には、手ごわいライバルを睨みつけるような鋭さがある。

視線を感じつつも黙々とジェルクラを続けていると、国吉がこんなことを言いだした。

「俺もダウンロードしたら、朝陽と一緒にプレイできる？」

朝陽は画面から一瞬だけ目を離し、「もちろんできる」と返した。

「俺のレベルが低くても？　初心者と一緒にプレイしても朝陽には旨味がないだろ」

「ん？　経験値的な話か？　そんなもん気にするな、やるに決まってるだろ」

朝陽が苦笑すると、わずかに国吉の眉が動いた。心が揺れたか。

休講の知らせがじわじわと教室内に広がって、生徒たちが三々五々外に出て行く。中には朝陽たちのようにこの場に残ってゲームをやったり、お喋りに興じている者もいるようだ。国吉が考え顔で黙り込んでいる横で、ジェルクラの戦闘開始を告げる音楽が鳴り響く。

ジェルクラは最大四人でのマルチプレイが可能だ。及川は「ここマジで全然クリアできなくて」などと言っていたが、朝陽がメンバーに加わると戦闘は驚くほどスムーズに進む。

これまで昆虫探しに費やしていた時間をすべてジェルクラに注いでいる朝陽は、この場にいる誰よりも高レベルで使用可能なスキルも多い。おかげでほとんど苦戦することなく、五分と経たずにステージをクリアしてしまった。

「わあ、凄い！」

ステージクリアの音楽が流れると同時に背後で明るい声が弾け、朝陽だけでなく、及川たちも驚いた顔で背後を振り返った。

いつからそこにいたのか、朝陽の後ろの席には女子生徒が三人並んで座っていた。揃って朝陽のプレイ画面を眺めていたのだろう。ぱちぱちと手を叩き「今のコンボは凄かったね」「魔法を使うタイミングも抜群だった」と褒めてくれる。

「ほっ、星原さん……！」

女子三人を見た及川が声を裏返らせ、ガタガタと席を立って朝陽の隣までやって来た。

「も、もしかして、星原さんたちもジェルクラやってたりする？　へ、へー！　偶然だね！　俺も結構前からやってるんだ！」

前々から声をかける機会を窺っていた女子グループの出現に色めき立った及川は、朝陽と国吉を窓際の席に寄せ、自分はその場に腰を下ろしてジェルクラの戦略など喋り始めた。

及川が戦線を離脱したのでマルチプレイはいったん終了して、朝陽は一人新しいステージへと進んだ。指先で宙をなぞり予行練習をしてから、一息でジュエルを移動させる。ジュエルの砕ける音に耳を傾けていたら、背後で感嘆交じりの声が上がった。

「はー……、尾瀬君、凄いね。動きに全然無駄がない」

声を上げたのは、窓際の席に座っていたポニーテールの女子だ。確か星原といったか。他の女子二人は及川とお喋りを続けているようだが、星原だけは熱心に朝陽のプレイ画面に視線を注ぎ、朝陽のターンが終わるたびに「今のどうやったの？」「早すぎてわかんなかった」「待って、ソロプレイでそんなことできるの？」と声をかけてくる。

ステージをクリアした朝陽が目を上げると、星原がハッとしたように口をつぐんだ。

「ごめん、あんまり声かけたら集中できないよね」

「……いや、そういうわけじゃなくて」

自分のしていることを女子に褒められた経験がないのでなんだか落ち着かないだけだ。

幼稚園の頃はビニール袋一杯にトンボやバッタを捕まえて、それを見た女子に「気持ち悪い！」「こっちこないで！」と泣かれた。高校で昆虫相撲の実況をやったときも褒めてくれたのは軒並み男子で、女子はあの実況を見た者すらほとんどいなかったのではないか。

女子と話をした経験自体少なく、どんな反応をすればいいのかよくわからない。

とりあえず褒められたのは間違いないので、朝陽は星原にぺこりと頭を下げた。

「声援ありがとう」

口にしてから、この言い方で合っているのか？　と首を傾げたら、星原がプッと噴き出した。

「尾瀬君、面白い」

「……そうか？　普通だと思うが」

「普通じゃないよ。ジェルクラのやり込み度も普通じゃないし。いつからやってるの？」

「中間試験が終わってから……」

「えっ！　つい最近じゃん！　私なんて一年近くやってるのにまだこのランクだよ！」

星原が自身の携帯電話を取り出してジェルクラのプレイ画面をこちらに向けてきた。それを見て、へえ、と朝陽は声を上げる。

「凄い。高ランクだ」

「半月程度でサクッと私のランクを超えてきた尾瀬君に言われても嬉しくないなー。もしかして尾瀬君、重度のゲーマーとか？」

「いや、ゲーム自体これまであまりやったことがなくて……」

「嘘だぁ。もしもそれが本当だったら、尾瀬君とんでもなくゲームセンスあるよ。ねえ、今度私たちともマルチプレイしない？　ＩＤ教えるからフレンドになろう」

「わ、わかった。俺でよければ……」

　星原が気負いなく声をかけてくれるおかげか思いがけずスムーズに会話が進む。もたもたフレンド登録をしていたら、それまで黙って朝陽と星原のやり取りを見守っていた国吉が唐突に口を開いた。

「朝陽、俺もそのゲームやりたい」

　えっ、と朝陽は目を丸くする。つい先ほどまでつまらなそうな顔でジェルクラの画面を睨んでいたくせに、急にどういう心境の変化だろう。

　国吉は自身の携帯電話を取り出すと、本当にジェルクラをダウンロードし始めた。

「国吉君も始めるんだ。みんなでプレイできたら楽しそうだね」

　星原はプレイ人口が増えるのが嬉しいらしく、笑顔で国吉の手元を見守っている。国吉もにっこりと笑って「よろしくね」なんて言っているが、なぜだろう、目が笑っていない気がするのは。本当にジェルクラに興味があるのだろうか。

（……自分だけ仲間外れみたいに感じて、淋しくなったか？）

　国吉が耳にしたら「違う」と即答されそうなことを考えているうちにジェルクラのダウンロードが終わった。すぐに国吉が朝陽の鼻先へ携帯電話を押しつけてくる。

「朝陽、俺のＩＤもフレンド登録して」

「う、わ、わかった。ちょっと近い、見えないから……」

ぐいぐいと画面をこちらに向けてくる国吉の手首を摑んで止めながら、同じようなことを以前国吉とした記憶が蘇った。あのときは、朝陽の方が国吉に画面を向けて虫の写真など見せていたのだったか。

ほんの数週間前なのに随分昔のことのようで感慨深く思っていたら、朝陽と国吉のやり取りを見ていた星原が声を立てて笑った。

「二人とも仲いいね。ちょっと前は国吉君の方が落ち着いてる感じがしたけど、こうやって話してみると案外イメージ逆な感じ？」

「いや、そんなこともないよな……？　あ、国吉、フレンド登録ってどうするんだ？」

「まだチュートリアルも終わらせてない俺にわかるわけないだろ。さっき星原さんとフレンド登録したときはどうしたの」

「星原さんに全部やってもらった。そうだ、星原さんに頼もう」

「え、私？」

目を丸くした星原に、朝陽は頓着なく自身の携帯電話を渡そうとする。星原もおずおずと細い指を伸ばしてきたが、横から伸びてきた国吉の手がそれを止めた。

「待った。星原さん、俺にフレンド登録のやり方教えて」

朝陽の携帯電話を引っ込めさせ、国吉が星原と朝陽の間に割って入ってくる。いつになく前のめりで、どうした、と思わず声をかけてしまった。

「どうもこうも、そういう基本操作は人任せにしないで覚えておいた方がいいだろ」

「え、じゃあ、俺も一緒に星原さんに教えてもらって……」

「朝陽のは俺がやるから大丈夫」

何か大いなる矛盾を感じたが、国吉は真顔で「星原さんだって二人同時に教えるのは大変だろ」などともっともらしいことを言ってくる。あまりマルチプレイに興味のない朝陽は、今後自分からフレンド登録をする機会もないだろうとあっさり引き下がった。

「朝陽、フレンド登録が終わったら一緒にチュートリアルやろう」

「え、チュートリアルくらいは自分でやれよ」

面倒なのでさらっと断った。多分及川たちに同じようなことを言われても同じ反応をしただろうし、及川たちなら「なんだよケチ」と言って終わっただろうが、国吉は違った。

画面からゆっくりと顔を上げた国吉は、子供のように無防備な表情で朝陽を見てから、その顔にじわじわと傷ついたような表情を滲ませたのだ。

迷子の子供が、ようやく見つけた頼れる大人に手を振りほどかれたらこんな顔をするのではないだろうか。全面的な信頼を裏切られたような、寄る辺を失った心細い顔だ。

そこまでひどいことを言った覚えもなかったが、こんな顔で見詰められては罪悪感で窒息する。降参して、朝陽は浅い溜息をついた。

「……わかった、つき合う」

「ありがとう……！　すぐ朝陽のレベルに追いつくから待ってて」

国吉はどうやら本気で言っているらしい。横顔は真剣そのものだ。

こんなに負けん気の強い奴だったかな、と首を傾げていると、星原の柔らかな笑い声が耳を打った。

「本当に仲がいいね、二人とも」

「長いつき合いだから」

星原の言葉を全力で肯定したのは国吉だ。「ね、朝陽」と同意を求められた朝陽は、国吉の言葉にそれ以上の補足を加えることもなく小さく頷くにとどめる。

少し前なら我こそが国吉と親しいのだと誰彼構わずアピールしていたが、最近はそんな必要性を感じない。それだけ国吉と一緒にいるのが当然のことになったのかもしれないな、などと明後日の方向に思考を飛ばす朝陽は、その傍らで国吉がどこか淋しげに自分を見ていることにちっとも気づいていなかった。


七月に入ると周囲が急に慌ただしくなってきた。そろそろ期末試験が近い。

「これ化学Ⅰじゃなくて Ⅱの過去問じゃん、誰だよ、後期の過去問交ぜた奴！」

「工業数学の過去問持ってる奴誰？　コピーまだだったら俺の分もやっといて」

「この問題の回答なんで減点されてんの？　誰か正しい解法わかる奴いる？」

二限目の講義が休講になり、学食に移動して各々持ち寄った過去問と睨めっこをしていた朝陽たちに、華やかな声が飛んだ。

「みんなー、流れ学の過去問コピーしてきたよ」

テーブルに座っていた男どもが一斉に顔を上げる。視線の先にいたのは星原たち三人だ。真っ先に立ち上がったのは及川で、星原からコピーを受け取るや空を仰いだ。

「星原さんありがとう！　めちゃくちゃ助かるー！」

「私たちこそ助かってるよ。及川君たちが集めた過去問見せてもらえなかったら全教科コンプリートできなかったもん」

星原は笑いながら朝陽たちにプリントを手渡してくる。朝陽の隣に座っていた国吉も、ありがとう、と笑って星原からプリントを受け取っていた。

最近、朝陽たちのグループに星原たちも交ざって行動するようになった。きっかけはジェルクラだ。朝陽と星原がフレンドになったのをきっかけに、及川たちや国吉も星原のグループとジェルクラで協力プレイをするようになった。その流れで、こうして過去問の交換などもしているのである。

一通り過去問をチェックすると、余った時間で誰からともなくジェルクラをプレイし始める。こういうとき、朝陽は星原とマルチプレイをすることが多い。レベルが近いからだ。

「やっぱり尾瀬君と一緒だとストレスなく進めていいね、痒い所に手が届く感じ！」

星原と隣り合ってゲームをしていたら、向かいに座った及川が「俺も一緒に行く」と名乗りを上げた。

朝陽は呆れを込めた視線を及川に向ける。及川の使っているキャラクターはこの敵と相性が悪いし、何よりレベルが低い。やめておけ、と止めようとしたら、横からずいっと国吉が身を乗り出してきた。

「及川、待った。ここは俺に譲ってほしい」

「えっ、国吉行くのか？　やめとけよ、このステージ難しいんだぞ？　レベルだってまだ低いんだろ？」

自分のことを棚に上げて心配顔を浮かべる及川に、国吉が携帯電話の画面を突きつける。たちまち黙り込んだ及川を尻目に、国吉は朝陽にもジェルクラのプレイ画面を見せた。

「このレベルと属性で問題ない？」

画面を覗き込み、朝陽は目を丸くした。昨日より大幅にレベルが上がっている。

「も、問題ないけど……いつの間にこんなに経験値稼いだんだ？」

「空き時間に。朝陽と一緒にプレイしたかったから、頑張った」

衒《てら》いもなく言って、国吉はにっこりと笑った。

国吉はこの場にいる誰よりもジェルクラを始めたのが遅いが、持ち前の器用さと勘の良さを発揮して見る間にランキングを上げ、今や星原に迫る勢いだ。少し目を離した隙に一瞬で国吉にランキングを抜かれた及川は、向かいの席ですっかりいじけてしまっている。

早速朝陽と国吉と星原の三人でゲームを始めると、すぐに星原が弾んだ声を上げた。

「尾瀬君のプレイはいつも速いし的確だよね。この時間でよくこれだけコンボできるなって感心する」

プレイ中、星原はよくこんなふうに朝陽を褒めてくれる。

「朝陽はとっさの状況判断が正確だからね。敵が突然属性変更してきても焦らないし、その冷静沈着っぷりには脱帽する」

そしてなぜか、星原が朝陽を褒めると張り合うように国吉まで朝陽への称賛を述べてくる。「凄いよね」「なかなかこの域にはいけないいな」と左右から褒められると照れくさいを通り越して少々居心地が悪く、朝陽は無心でゲームをプレイすることしかできない。

ちょうどステージをクリアしたところで食堂にチャイムの音が鳴り響き、及川たちとジェルクラをプレイしていた女子二人が顔を上げた。

「天音《あまね》ちゃん、そろそろ行かないと建築科の子たち待たせちゃう」

「あっ、そうだね！　ごめん、今支度するから」

及川が女子二人に「建築科にも友達いるの？」と尋ねている。朝陽も携帯電話から顔を上げ、星原を見上げて呟いた。

「天音って……星原さんの名前？」

「うん。天の音って書いて、天音」

星と、天。なんだかロマンチックな名前だ。

「モモチョッキリみたいだ」

無意識に朝陽が呟いた言葉を聞き留め、星原が「もも？」と首を傾げる。

「あ、いや、その――」

いい名前だ、と思ったら、勝手にそんな言葉が口から飛び出ていた。もう虫にはなんの興味も残っていないはずなのに、体の細胞の隅々にまでいきわたっていた感情の名残が意思に関係なく口を動かしたような、そんな感覚だった。

誉め言葉だ、と言おうとしたが、今となっては自分でも誉め言葉には聞こえない。どう説明すべきか悩んでいたら、隣にいた国吉が朗らかに笑った。

「最大の賛辞だな」

朝陽は思わず国吉の顔を振り仰ぐ。国吉は朝陽の言葉を疑問に思っているふうもない。星原だけが驚いたような顔で「褒め言葉なんだ？」と目を瞬かせている。

虫が好きで、好きすぎて少し浮世離れしてしまう朝陽の言動を、家族の他に唯一理解してくれるのは国吉だけだ。

「国吉って、尾瀬専属の通訳みたいなところあるよな」

星原たちがテーブルを離れた後、及川が感心したような口調で言った。

「尾瀬がモモチョッキリとか言い出したとき、俺マジで何言ってんのかと思ったもん。どうせ虫の名前かなんかだろうけど」

「そう。桃の枝をちょっきり切っちゃう虫だっけ?」

国吉に話を振られ、朝陽は小さく頷く。国吉にモモチョッキリの話をしたのはいつだったろう。何度も繰り返し説明した記憶もないが、よく覚えているものだと驚いた。

「ところでさ、尾瀬ってやっぱ星原さん狙いだったりすんの?」

出し抜けに及川に尋ねられ、朝陽は目を丸くする。

「……なんでそう思った?」

掠れた声で及川に尋ね返したのは、朝陽ではなく国吉だ。先程まで楽しそうにモモチョッキリの話などしていたのに、一瞬で顔を強張らせた国吉を見て、及川は不思議そうな顔をする。

「え、だって尾瀬、最近よく星原さんと一緒にジェルクラやってるから。学校の外でもわざわざオンラインでゲームしてるっていうし、尾瀬ってば着々と星原さんとの距離を縮めてんなーって思ってたんだけど、違うの?」

「違う」と朝陽は即答したが、すぐに「本当?」と追撃された。しかもそうやって食い下がってきたのは及川ではなく、国吉だ。

「本当に、星原さんに気があるわけじゃなく？」

「え、な、なんだよ国吉まで。あるわけないだろ、一緒にゲームしてただけだ。それに、女子が俺のこと好きになるはずもないし」

　国吉はぐっと眉を寄せると、テーブルの上で固く両手を組んだ。

「確かに、昔の朝陽は寄ると触ると虫の話ばかりで、ミミズだろうとムカデだろうと素手で摑むところが女子から敬遠されがちだったけど、最近は違うでしょ……」

「え、尾瀬って素手でミミズ摑むの……？」と及川たちがざわざわしているが、国吉はそんな反応に見向きもせず、片手で顔を覆ってしまった。

「それに、朝陽は黙っていればイケメンの部類に入ると思う」

「そんなこと、生まれて初めて言われたぞ」

「初見では奇行が目立って、顔立ちにまで目が行きにくいせいだよ」

　これは褒め言葉なのかなぁ、と及川たちが審議している。朝陽も手放しに喜べずにいると、いっそ苦悩すら滲ませた声で国吉が言った。

「朝陽、本気で気づいてないの……？　ジェルクラをやってる間、星原さんからあんなに露骨に褒められてたのに」

　言われてみれば、星原はいつも朝陽のプレイを褒めてくれる。けれど同じくらい国吉も褒めてくれるのであまり気にしていなかった。

ぴんとこない朝陽に代わって国吉に同意したのは、及川たちだ。

「確かに星原さんって尾瀬のプレイはベタ褒めするよな。実際尾瀬は上手いけど、俺が偶然ミラクルプレイ決めたときはあんなふうに褒めてくれなかったぞ」

「じゃあ、尾瀬に気があるのは星原さんの方ってことか」

及川たちの会話を聞きながら、朝陽は何度も目を瞬かせる。

(星原さんが、俺を……?)

星原にそんな素振りがあっただろうかと考え込んでいたら、その顔がよほど真剣に見えたのか、国吉が重苦しい表情で身を乗り出してきた。

「朝陽、もしかして本当に、星原さんのこと……?」

「いや、違う、まさか」

「とか言って、まんざらでもないくせに!」

及川がはしゃいだような声を上げた途端、国吉の目元にさっと陰が差した。

不安と焦燥が入り混じる目だ。国吉がこんな表情を見せるのは珍しいはずなのに、ひどく馴染みのある表情だとも思った。

これと同じ顔を、鏡の中に何度も見てきた。国吉を追いかけていた頃の自分の顔だ。

今まで何にも執着しなかった国吉が初めて見せた表情ではないか。あるいは自分の見間違いかと国吉の目を覗き込もうとしたところで、食堂に二限目の講義を終えた学生たちがぞろぞろやって来た。その中の一団が国吉に気づいて大股で近づいてくる。

「国吉君！　ちょうどよかった、今度の詩吟大会のことで君の意見を聞きたいと思ってたんだ。サークルのみんなもいるし、今ちょっといいかな？」

及川たちが声を低めて「詩吟？」「うちの大学詩吟サークルなんてあったんだ？」と囁き合っている。相変わらず国吉の守備範囲は尋常でなく広い。

先に及川たちと食券を買いに行こうと椅子から立ち上がりかけた朝陽だったが、国吉のきっぱりとした声が耳を打って動きを止めた。

「悪い、今は行けない」

国吉が、先約があるわけでもないのに他人からの誘いを断ることなど滅多にない。何事かと思っていたら、国吉が硬い表情でこちらを振り返った。

「星原さんのこと、まんざらでもないって本気？」

詩吟サークルとの会話を脇にのけてまでそんなことを尋ねてきた国吉に面食らい、朝陽は無言で目を瞬かせる。まだその話題が続いていたことにも驚いたが、国吉がそんなことにこだわる理由もわからない。

そうこうしているうちに詩吟サークルのメンバーも朝陽たちのいるテーブルにやってきて、困惑顔で国吉を取り囲み始めた。

「国吉君、食事の間だけでいいんだ。大会も近いし、早めに相談しておきたい」

「悪いけど、後でいいかな。まだ朝陽との話が終わってないんだ」

詩吟サークルのメンバーが一斉に朝陽を振り返る。その顔には、『我らの国吉君を独占して、一体なんの話をするつもりだ』と書いてあるようだ。きっとかつての朝陽も、昼休みに様々な学部の生徒と話し込む国吉の後ろでこんな顔をしていたのだろう。

以前の朝陽なら周囲から飛んでくる嫉妬の眼差しなど一睨みで跳ね飛ばしていたが、今はそんな気力もなく、慌てて国吉の服の裾を摑んだ。

「国吉、俺のことはいいから行ってこい」

「朝陽がよくても俺はよくない。星原さんのことについてまだ聞いてない」

「星原さんとどうにかなることなんて考えたこともないからよくわからん。これでいいだろう、ほら、行け」

朝陽が軽く肩を押すと、国吉の体が大きくぐらりと傾いた。それほど力を入れたつもりもなかったのだが、国吉は後ろから斬りつけられでもしたような顔で、ふらふらとテーブルに腕をついて朝陽の顔を凝視してきた。

「……行け？」

「そうだ、詩吟サークルの奴らが待ってるんだから。どうした、せっかくお前を頼ってきてくれてるのに相手にしないなんて。国吉らしくもない」

怪訝な顔を隠しもせずに朝陽が言い返すと、国吉は心臓の上に重いパンチでも食らったように低く呻いて、よろよろと椅子から立ち上がった。

「す……すぐ戻る」

「いい、ゆっくりしてこい」

間髪を容れずに返せば、国吉はまた衝撃を受けたように軽くよろけて、詩吟サークルの面々と一緒にテーブルを離れていった。

肩を落とす国吉の背中を見送っていると、及川たちが揃って声を上げた。

「国吉の奴、わかりやすく消沈してんなぁ……」

「全く子離れできてない状態で子供が独り立ちしちゃった親の気持ちってとこか」

「可愛がってたペットにそっぽ向かれた飼い主の気分じゃないか?」

「どういう意味だ?」と朝陽が問うと、及川たちはにやにやしながら席を立った。

「国吉って誰に対しても人当たりがいいし、善意の塊っていうか、どことなく修行僧めいた雰囲気があったんだけど、やっぱり人の子だったんだなぁってこと」

朝陽も財布を摑んで及川たちの後を追うが、今一つ要領を得ない。食券機の列に並ぶ間も顔を顰めていると、及川に「マジでわかってないのか」と苦笑された。

「国吉は淋しいんだよ。尾瀬が急に懐いてこなくなったもんだから」

「俺が?　俺はいつも通りだぞ。国吉の隣の席だって誰にも譲らん」

「それは半分習慣みたいなもんだろ？　国吉の隣に座ってはいるけど、最近の尾瀬、全然国吉の方見てないじゃん。俺たちから見ても、ここ最近国吉に対する尾瀬の執着みたいなもんが急激に消えたの、わかるよ」

「そんなことは……」

「さっきだって全然国吉のこと引き留めなかった。それどころか『行け』なんて言うんだから、あれは国吉、相当ショック受けてたぞ」

「引き留めないのは前からだろう。国吉が他の誰かと喋っていても、俺は無理やり国吉をその場から引き離すような真似はしてこなかったはずだ」

　その程度の自制はあったと熱弁を振るえば、及川たちにおかしそうに笑われた。

「確かに、国吉が他の誰と喋ってても尾瀬は何も言わなかったけど、めちゃくちゃはっきり顔に書いてあったよ。『行くな』とか『早く終わらせろ』とか『こっち向け』とか」

「何も言わずにじっとしてる分いじらしかったよな。俺、昔飼ってた犬のこと思い出したもん。俺が出かけようとすると玄関先まで見送ってくれるんだよ。行儀よくお座りして、吠えたりしないけどすごく悲しそうな目で俺を見るから、学校行くたび胸が痛かった」

「それだけ一途に慕ってくれてたわんこが、ある日を境に見送りに来てくれなくなる、みたいな淋しさを国吉も味わってんだろうな」

　あー、と及川たちは何かわかり合ったような声を上げるが、朝陽にはさっぱりわからない。釈然としない顔のまま、及川と同じカレーうどんの食券を買った。

「……俺は何も変わってない。変えたつもりもない」

「でも明らかに行動変わってるぞ。この前着てた蝶のTシャツ、国吉に買ってもらったんだろ？　国吉が『全然着てくれない、気に入らなかったのかな』ってへこんでた」

「何回かは着てきただろう……？」

「ちょっと前のお前だったら、多分一日置きにあのシャツ着てたと思うよ。国吉に買ってもらったんだって俺たちに自慢して、裾が擦り切れるまで着倒してたんじゃないか？」

そうかな、と朝陽は首を傾げる。

以前の自分は、国吉からもらったものは全部大事にしまい込んでいた。使いさしの消しゴムや、飴の包み紙、そんなものがいくつも自室の机の引き出しに入っている。

服だって同じようにしまい込んでいるのだ、と思ったが、それにしてはあまりに雑にクローゼットに入れっぱなしになっていることに今更気づいた。高校時代にもらった消しゴムや飴の包み紙は、標本でも作るように大事に大事に保管していたはずなのに。

テーブルに戻ってみると、先に席に着いていた及川たちがまだ国吉の話をしていた。

「でもちょっと意外だよな。国吉って来る者拒まず、去る者追わずで、これまで足しげく通ってきてた相手が急に顔見せに来なくなっても全然気にしなかったじゃん」

「そうそう、『最近忙しいんだろ』とか言って、相手に様子を聞くこともしないんだもんな。

テニス部の先輩とかめちゃくちゃ美人だったのに、なんで自分から連絡しないんだろうって俺じりじりしちゃったもん！」

「でも、尾瀬のことだけは敏感に反応するんだなぁ」

みんなの話を聞くのに夢中ですっかり箸が止まっていた朝陽は、急に名前を呼ばれて背筋を伸ばした。

「こうしてみると、国吉が自分から追いかけてる相手って尾瀬だけじゃん。やっぱ国吉にとっても尾瀬ってちょっと特別だったってことか？」

朝陽はぱちぱちと目を瞬かせ、いや、と煮え切らない返事をした。少なくとも朝陽には、国吉から特別扱いをされた記憶などない。国吉は誰に対しても優しくて、朝陽もその他大勢の中の一人としてその恩恵に浴していただけだ。

「単純に、高校時代からのつき合いだから、じゃないか……？」

及川はちゅるりとカレーうどんをすすり、他の友人たちに「な？」と声をかけた。

「やっぱり尾瀬は変わった」

「だな。ちょっと前に尾瀬に同じセリフ言ったら、絶対もっと喜ばれたよな。『そんなふうに見えたか？　どんなところが⁉』って前のめりに問い詰められただろうし」

そんなことはない、ような気がする。しかし及川たちにこれだけはっきりと言いきられてしまうと自信が持てない。

国吉のことは変わらず好きだけれど、と胸の中で呟いて、ふと朝陽は違和感に気づいた。

食事の途中にもかかわらず箸を置き、自分の胸の辺りに手を置いてみる。国吉のことを考えているというのに、皮膚の下、肋骨の奥、心臓の裏側に、溶かした金属で溶接されたかのようにべったりと張りつくあの重苦しい執着心を感じない。

及川たちに指摘されても一向にピンとこなかった自分自身の変化にようやく気づいて、朝陽は慌てて国吉の姿を探した。おそらくどこかのテーブルで詩吟サークルのメンバーと話し込んでいるはずだ。

少し前なら磁石に鉄が引き寄せられるように一瞬で国吉の姿を見つけることができた。第六感かよ、と及川たちに笑われたのに、もうあんなふうに国吉を見つけられない。

しばらく探したが国吉は見当たらず、朝陽は再び正面に顔を戻した。躍起になって国吉を探そうともしない自分を客観的に眺め、そうか、とやっと自覚する。

(蝶に食われたのは、虫を好きだと思う気持ちだけじゃなかったのか……)

あれほど虫に固執していた気持ちを忘れてしまったように、国吉に執着していた気持ちも淡雪のように消えてしまった。

朝陽は箸を手に取るのも忘れ、蛍光灯が等間隔に並ぶ食堂の天井を見上げた。

窓から射す光をいつもより眩しく感じる。唐突に、目の前を白い光で一掃されたような心地がした。

何年も地中に潜っていたセミの幼虫が、地上に出て初夏の日差しを浴びたらこんな気分だろうか。窮屈な殻を脱いだ直後のように、いつもより深く息が吸い込める。

長年胸の中心に根を張り続け、むしってもむしってもまた息を吹き返していた蔓草《つるくさ》のような感情が、土ごと焼き尽くされたがごとくごっそりと消えていた。

急に視界が明瞭になった気がして、何度も瞬きを繰り返す。

自分の中の感情が一つ消えた。だというのに、胸を満たすのは喪失感ではなく、圧倒的な開放感だ。

重たい物を脱ぎ捨てたような身軽さに、なんだか走り出したいような気分にすらなって、朝陽はカレーの汁が跳ねるのも構わず勢いよくうどんをすすり上げた。


国吉に対する恋心が消えたと自覚したその日、講義が終わるなり国吉に「今日はうちに寄ってくれないか」と声をかけられた。

真っ先に「なぜ？」という言葉が出る辺り、もう本当に以前のようには国吉を好きなわけではないのだと自覚せざるを得ない。以前だったら理由すら聞かずに快諾しただろうに。

国吉も朝陽の変化を感じ取っているようで、帰り支度をしながらちらちらと何度も朝陽に視線を向ける。

「父さんと相談して、祈祷のようなものをしたらどうかって話になったんだ。どのくらい効果があるかはわからないけど、やらないよりはましだと思う」

「なんか悪いな、わざわざ」

朝陽としては特に体調の変化もないし、蝶に心を食われたところで日常に不自由は感じていないのだが、国吉親子はどうにも責任感が強い。断っても角が立ちそうだったので、朝陽は大人しく国吉の実家へ向かうことにした。

国吉神社に到着すると浩一郎が待ち構えていて、すぐさま拝殿に通された。すでに日も落ちかけて参拝客もまばらな境内を通り、国吉とともに昇殿する。社殿では浩一郎に修祓《しゅばつ》をしてもらい、長々とした祝詞《のりと》も唱えてもらった。いわゆるお祓いだな、と思いつつ、朝陽は神妙に頭を下げる。

祈祷が終わると、国吉親子に揃って「どうだった？」と尋ねられたが、これと言った変化は感じない。嘘をついても仕方がないので正直にそう伝えると、二人から目に見えてがっかりした顔をされてしまった。

「ごめんね。あの蝶は山の怪の類だろうから、もしかしたら、と思ったんだけど……」

「いえそんな！　俺のためにわざわざここまでしてもらって、ありがとうございます」

これといった収穫はなかったが、何はともあれ謝辞を述べて神社を後にする。最寄り駅までは、前回と同じく国吉が送ってくれることになった。

「別にどこか具合が悪いわけでもないんだし、送ってくれなくても大丈夫だぞ？」

朝陽の言葉に国吉はほんの少しだけ笑い返してくれたが、淋しげな表情は拭いきれていない。気を遣ったつもりだったのだが。会話が空回る。

人気のない夜道に二人分の足音が響く。車がぎりぎりすれ違えるくらいの細い道は両側に民家が並んでいて、夕食の時間が近いせいか、食器のぶつかる音や水音がどこかから微かに聞こえてきた。

「虫の声がする」

夜道でぽつりと国吉が呟いて、朝陽は歩きながら耳を澄ませた。

遠くで走る電車の音に紛れ、どこかで夏虫が鳴いている。民家の庭先や、玄関前に置かれたプランターの陰にでも潜んでいるのだろうか。虫の声など、言われるまで意識の端にも上らなかった。一瞬聞こえたそれも、傍らを走り抜ける車の音ですぐ掻き消される。

「虫の名前、わかる？」

「いや、そんなにはっきり聞こえないから、なんとも……」

答えながら、以前の自分ならわかったのだろうな、と思った。意識を集中するまでもなく、もっと鮮明に虫の声が聞こえていた時期が自分にもあった。それは覚えている。

祈祷をしたことで朝陽の耳が変化することを国吉は期待していたのかもしれないが、朝陽は何も答えられない。虫の声は途切れ途切れで、風の音にすら吹き消される。

さすがに申し訳なくて俯き気味に歩いていたら、前方から複数の男性の声が近づいてきた。そのまま通り過ぎようとしたら、「あれ、国吉じゃん？」と声をかけられる。

顔を上げると、向こうからやって来ていた四人組の男性が立ち止まってこちらを見ていた。朝陽たちと同年代だろう。国吉を見て気さくに手を振っている。

「国吉、久しぶり。あれ、友達と一緒？」

国吉の知り合いらしいので、朝陽も一応会釈をした。国吉はのんびり笑って、「大学の友達」と答えている。朝陽には四人を指して「小学校の友達」と教えてくれた。

国吉の友人たちは服装こそシンプルだが、全員髪を明るく染め、耳にピアスを開けている者もいる。朝陽たちの通う大学にはあまりいないタイプだ。朝陽はもちろん、及川たちも身なりには無頓着で、洗いざらしのTシャツにジーンズ、頭には寝癖をつけたまま登校、なんてこともざらにあった。

国吉と友人たちは最初こそ「懐かしい」「今度同窓会やろうぜ」なんて和気あいあいと喋っていたが、四人のうちの一人が口元にニヤニヤとした笑いを浮かべながら国吉に耳打ちしたところで風向きが変わった。

「そういえば、国吉の家って相変わらず出るの？」

瞬間、他の三人の顔にも同じような笑みが広がって、朝陽は冷たい手で無遠慮に心臓を摑まれたような錯覚に陥る。続けてすぐに、この笑い方は嫌いだ、と思った。

国吉の後ろで朝陽が顔を強張らせたのに気づかず、四人はなおも言い募る。

「国吉の家の裏山にはお化けが出るって噂、小学校の頃あったじゃん」

「そうそう、肝試しに行こうと思ったけど大人たちに止められたっけ」

「あの裏山から謎の死体が掘り起こされたって噂も聞いたことあるけど、噂だよな？」

四人は国吉を囲んで次々質問をぶつけてくる。それでいて相手の返答は期待していない。朝陽もやられたことがある。小学校の教室で、「また虫見てんの？」「何が面白いわけ？」と朝陽を取り囲んで石を投げるように質問をぶつけてきたクラスメイトたち。彼らの顔にも、目の前の四人と同じ嫌な笑みが浮いていた。

明らかな悪意を感じる言葉にも、国吉は笑って「ただの噂だよ」と取り合わない。慣れた様子を見るに、もう何度となくこんなやり取りを繰り返してきたのだろう。そう思ったら胸の表面を錆びた釘で引っかかれるような痛みが走って、朝陽は国吉と四人組の間に強引に割って入った。

「——悪いが、急いでいるんだ」

思ったよりも低い声が出てしまった。睨んだつもりはなかったが、不機嫌を押し隠そうとするあまり無表情になっていたらしい。好意的とは言い難い態度の朝陽を見た四人は鼻白んだような顔をして、国吉に「またな」と声をかけて去っていった。

国吉は四人に向かって軽く手を振ると、振り返って「行こう」と朝陽を促す。思ったよりも穏やかな声だ。部外者が声を尖らせることでもなかったかと、朝陽がバツの悪い思いをするくらいに。

朝陽の顔を横目で見て、国吉は「ごめん、変な話を聞かせて」とのんびり笑う。

「……別に、俺はちっとも気にしないが」

「小学校くらいまではクラスメイトからああしてよくからかわれてたんだ。うちの神社には何かが出るって」

朝陽は夜道を見回し、近くに通行人がいないことを確認してから国吉に耳打ちした。

「出るっていうのは、あの蝶のことか？」

国吉は目元に共犯者の笑みを浮かべ、自分も声を低める。

「そういう噂が出回らないように、先んじて裏山には化け物や幽霊が出るって偽の噂を流してたんだよ。俺が子供の頃は特に、同級生が山に勝手に入るのを阻止するために」

蝶は何年かに一度しか山に来ないし、神社と山の周囲は堀に囲まれている。山の入り口にはしめ縄もかけられており、普段から部外者が立ち入ることは滅多にないのだが、念には念を、と国吉神社の人々は考えた。一般人を山から遠ざけるため、国吉神社の裏山にはよくないものが出る、悪いものを封印している、人死にがあった、などの不穏な噂を、自らこの町に広めていたらしい。

「なら、小学生の頃はさっきみたいにクラスメイトたちにあれこれ言われただろう」

「言われたなぁ。俺自身もあの蝶を見るまでは、うちの裏山には死体が埋まってるんじゃないかって怖かった」

「家族はお前に蝶のことを教えなかったのか？」

「実際にこの目で見るまでは教えてもらえなかった。下手に『珍しい蝶が山に来る』なんて話をして、それを俺が同級生に漏らしでもしたら大変だと思ったんじゃないかな」

ふぅん、と鼻先で呟いて視線を前に向ける。遠くに駅の明かりが見えてきた。

「お前も大変だったんだな」

そう口にした瞬間、それまでぎりぎり耳に届いていた虫たちの声が完全に途絶えた。

突然の静寂に驚いて朝陽は足を止める。国吉も立ち止まって「どうしたの」と声をかけてきたが、朝陽はかつてない違和感に襲われその場から動くことすらできなかった。棒を呑んだように立ち尽くして耳を澄ます。

暗い夜道は先程まで、確かに虫の鳴き声がしていた。でも、今は何も聞こえない。

「朝陽？」

立ち尽くしていたら再び国吉に声をかけられた。国吉の声は聞こえる。耳に異常が発生したわけではなさそうだ。けれどその声も曖昧に遠い。直前まで、国吉の声はもっと鮮明に耳に届いていたはずなのに。

いつの間にか息が浅くなっていて、朝陽は片手で喉元を覆った。

目を上げれば、国吉が心配顔でこちらを見ていた。

見慣れた顔だからか、国吉の顔を見ると安心する。

国吉は好きだ。友達の中で一番。でも、一番と断言できるのはなぜだろう。大学の講義を一緒に受ける回数は及川が一番多い。国吉が一番だなんて、いつから自分は思い込んでいたのか。

(なんだこれ、気持ち悪い――……)

自分の感覚が揺らぐ。当たり前に持っていたはずの感情が薄れていく。

胸の底に残っていた感情を絞り尽くされるようだ。名前はつけられなくても手触りだけは知っていたはずの感情が、全て消える。忘れてしまう。

気がついたら、手の下で国吉の名前を繰り返し呼んでいた。

「朝陽!　どうしたの、聞こえる⁉」

国吉に両肩を摑まれ、その顔を見上げた朝陽の目にみるみる涙が盛り上がった。息を呑んだ国吉の顔が一瞬で曇って、朝陽は掠れた声で呟く。

「国吉、どうしよう……消える、全部」

怖い、と口にした瞬間、目の縁からぽとりと涙が落ちた。

次の瞬間、唐突に心が凪いで朝陽はぽかんとした顔になる。まるで最後に残っていた感情が、涙の結晶になって落ちていったかのようだ。

瞬きをすればすぐに視界も明瞭になり、こちらを見下ろす国吉と目が合った。

突然涙をこぼした朝陽を見て、国吉はすっかり硬直してしまっている。血の気の失せた国吉の顔を見上げ、悪い、と朝陽は片手を立ててみせた。

「なんでもない。ちょっと気分が悪かっただけだ」

そのまま駅へ行こうとしたが、朝陽の肩を摑む国吉の手は緩まない。

「あんな顔して泣いてたのになんでもないわけないだろ……！」

何があったんだ、と詰め寄られ、朝陽は弱り顔で眉を下げた。

「だから、急に気分が悪くなったんだ。よくわからんが、不安なような」

「不安？　何が？」

「何か……なんだったかな。嫌なことを考えていたような気もするが、忘れた」

よくあることだ、と朝陽は軽い口調で返す。何かを調べようとして検索サイトを開いたものの、何を調べようとしていたのか忘れてしまうようなものだろう。

一応はもう一度思い出そうとしてみたが、思考の名残が薄く漂うばかりで明確に蘇ってくるものがない。大したことでもなかったのだろうと駅に向かって歩き出すと、背後から国吉の弱々しい声が追いかけてきた。

「……泣くほどのことなのに、大したことはないの？」

「そうだな。なんで涙が出てきたのか、よくわからないからな」

肩越しに国吉を振り返って朝陽は笑う。意味もなく泣くなんておかしな話だ。きっと国吉も笑っているだろうと思ったのに、国吉は凍りついた表情でこちらを見ていた。その唇が何か言いたげに動いたが、朝陽は国吉の言葉を待たずに歩き出す。

歩きながらだって話はできる。そのうち国吉の方から声をかけてくるだろうとのんびり構えていたのだが、国吉は何も言わない。ただ黙って朝陽の後をついてくるばかりだ。

結局駅に着くまで会話はなく、改札前で別れるときも、改札を抜けてから朝陽が振り返ったときも、国吉は張り詰めた表情のまま、最後まで何も言うことはなかった。


朝陽の通う大学は敷地面積が広く、木々も多い。歩道から茂みの中にほんの少し身を割り込ませれば、木の幹に、枝に、葉の裏に、昆虫たちがじっと身を潜めている。

特に夏は虫が多い。七月の半ばともなると校舎から外へ出た途端、四方八方からセミの声が降り注いでうるさいくらいだ。

「尾瀬君、お疲れ様」

一日の講義をすべて終え、教室で大きく伸びをしていたら星原に声をかけられた。

ポニーテールを揺らして朝陽の席まで近づいてきた星原は、朝陽の隣の席を見て、あれ、というように首を傾げた。

「今日は及川君たちと一緒じゃないの？」

「及川はサボり。試験勉強に集中したいからって、図書館で勉強してる」

「国吉君は？」

「国吉はこの講義履修してないから」

「そっか。尾瀬君、ここのところいつも国吉君と一緒だったから勘違いしちゃった」

屈託のない星原の言葉に、朝陽は曖昧な相槌を打つ。

国吉への恋心が消えたと自覚してからすでに二週間近く経つが、朝陽はこれまで通り国吉と接している。講義や食事の時間は隣り合って座るし、会話もする。ただ、以前のような熱狂的な感情が鎮火しているのは間違いなかった。

朝陽から声をかけることが少なくなったせいか、最近は国吉の方が積極的に話しかけてくる。朝陽の変化に気づいて心配しているのだろう。カルガモの親子よろしく、特に理由もないのに朝陽の後をついて回るようになった。

少し前までは自分の講義が終わったら帰っていたのに、朝陽の講義が終わるのを待っていたりもする。今も及川たちと図書館で試験勉強をしながら朝陽を待っているはずだ。

「尾瀬君もこれから図書館行くの？　よかったら一緒に行かない？」

星原はいつも女子二人と行動しているが、この講義は一人で受けているらしい。星原と二人きりで行動するのは初めてで少々緊張したが、朝陽はそれを隠して「いいよ」と席を立った。

校舎を出ると、むっと湿った空気が全身を押し包んだ。すでに十八時を過ぎているが、七月の半ばともなれば外はまだまだ明るい。日中に響き渡っていたミンミンゼミの声はやみ、今はヒグラシの鳴き交わす声が大勢を占めている。

「……セミの声、すごいね」

図書館に続く道を歩きながら、星原は潜めた声で言う。夕暮れのこの時間は蝉時雨《せみしぐれ》が降り注いでうるさいくらいだ。

一緒に行こうと誘ってきたわりに星原は口数が少なく、隣に朝陽がいることなど忘れたように早足で歩き続けている。まるで逃げるような足取りに首を傾げていたら、歩道の両脇に植えられた木々の間から何かが飛び出してきた。

ギギッと鈍い音を立て、朝陽たちの行く手を阻むように足元めがけて飛んできたのは、一匹のセミだった。

この時期、キャンパス内を歩いているとよく遭遇する光景だ。地面に墜落したセミを軽く迂回してよけようとしたら、星原がとんでもない悲鳴を上げて腕にしがみついてきた。驚いて朝陽まで「うわっ⁉」と声を上げてしまう。

「ほっ、ほ、星原さん⁉　な、何、どう、どうした……？」

思いがけず強い力で星原にしがみつかれ、朝陽は声を裏返らせる。思わず辺りを見回したが、周囲には朝陽たちの他に誰もいない。誰かに助けを求めることもできずにただただ硬直していると、星原がくぐもった声で言った。

「ご……ごめん、尾瀬君……私、セミが、本当に苦手で……」

朝陽は道の真ん中に落ちているセミと、俯いて必死にそちらを見まいとしている星原を交互に見て、とりあえず星原を腕にしがみつかせたまま近くのゼミ棟へ向かった。ガラスのドアを押し開け中に入ると、ヒグラシの声が空調の音に掻き消されて聞こえなくなる。

星原は恐る恐る顔を上げ、ようやく自分が朝陽の腕にしがみついていたことを自覚したのか、慌てて朝陽から身を離した。

「尾瀬君、ごめん！」

人気のないゼミ棟の廊下に星原の声が響き渡る。ゼミ棟はI字型の細長い建物だ。一階はコピー室や備品室、資料室くらいしかないので人気がない。静まり返った廊下に星原の声が大きく響いて、朝陽も焦って「大丈夫だから！」と返した。必死にしがみつかれたとはいえ痛いほどではなかったし、むしろなんだかいい匂いがした——とはさすがに言えずに飲み込んだが。

ごめんね、大丈夫、のやり取りを数回繰り返してようやく落ち着いたのか、星原は深い溜息をついて廊下の壁に凭《もた》れた。憔悴しきったその顔に、朝陽はそろりと問いかける。

「そんなにセミが嫌いなら、この時期に大学内を歩くのはきついんじゃ……？」

「そう、そうなの。夏場は絶対一人じゃその辺歩けない」

食い気味に答える星原を見て、だから図書館まで一緒に行こうと自分に声をかけてきたのか、と納得した。

「まあ、セミが苦手な人は多いから。見た目とか」

「見た目ももちろん苦手なんだけど……。私、高校のとき、道に落ちてたセミを……うっかり踏んじゃったことがあって」

星原は廊下に視線を落とし、強張った顔を隠すように口元を手で覆う。

「そ、そのとき靴の下で、セロファンを踏んだときみたいな『クシャ』って感触があって、あ、あれ、あれが、もう……」

「ああ、それは——……」

オスのセミだったんじゃないか、と言いかけて朝陽は思い留まる。

こちらに横顔を向けた星原の頬は真っ白で、小さく震えてすらいる。朝陽には上手く想像できないが、星原にとってセミを踏むということは恐ろしく衝撃的な出来事だったのだろう。その感触も含めて。

セミのオスの腹は空洞だ。空っぽの腹に声を反響させて大音量で鳴き交わす。対して、メスの腹には卵巣や産卵管が詰まっている。メスのセミを踏んだとしても、セロファンのような感触にはならないのではないか。

そんなことを思ったが、口にはしなかった。セミが苦手な星原にこんな話をしたところで、不快な思いをさせてしまうだけだ。

相手の顔色を見て昆虫の話を引っ込める、というごく当たり前のことが今の朝陽にはできる。だが少し前まではできなかった。話したい、聞いてほしいという気持ちが先走り、相手の反応など見もせずに昆虫の話をまくし立てた。女子に嫌われがちだった所以《ゆえん》だ。

朝陽は何も言わずに星原の気持ちが落ち着くのを待つ。そうしながら、ぼんやりセミのことを考えた。

セミの声は夏の風物詩だが、鳴くのはオスだけだ。メスには発声器自体ない。オスも成虫になればすぐあの声で鳴きだすわけではなく、羽化《うか》してからしばらくはごく小さな声でしか鳴けないらしい。地球上に生息するセミはオスとメスがほぼ一対一とされているので、地上にいるセミの半数以上が沈黙していることになる。

そんなことを、朝陽は無感動な気持ちで反芻する。

もはや昆虫に対する興味などないのに、長年培った記憶はまだしっかりと残っていて、些細なきっかけでこうして溢れてくる。でもそれだけだ。何も思わない。

（……からっぽだ）

踏み潰されてクシャリと砕けるセミの姿を想像した。あるいはセミの抜け殻。残っているのは知識の殻ばかりで、中には何も入っていない。

以前は確かに、そこに何かがあったはずなのに。

「あー、ちょっと落ち着いてきた。ごめんね、尾瀬君。大騒ぎしちゃって」

耳にまとわりつく空調の音を、星原の高い声が切り裂いて我に返った。

朝陽は俯けていた顔を上げ、星原の目をしっかりと見返して微かに笑う。

「大丈夫」

大丈夫。別に大したことじゃない。虫を好きな気持ちを失ったところで日常生活に支障はない。大丈夫、大丈夫。自分に言い聞かせて笑みを深くする。

最近、こうやって自分で自分を宥める回数が増えた。国吉への恋心が完全に消えた後から特にだ。少し前まで朝陽の頭には昆虫と国吉のことしかなかった。今はそのどちらにも執着しているつもりはないが、当時の自分の行動はまだ覚えているから、今の自分と過去の自分の言動に事あるごとに齟齬《そご》を覚えてしまう。そこにうっすらとした不安が漂う。

静かに微笑んで自分の心を平らかにしようとしていたら、星原の頬がわずかに赤くなった。セミ一匹で取り乱した自分を嗤《わら》うでなく、呆れるでなく、静かに微笑む朝陽に何か思うところがあったのかもしれない。星原は視線を泳がせ、落ち着かない仕草でほつれ毛を耳にかけた。

「……あのさ、尾瀬君、来月ジェルクラのゲームイベントがあるの、知ってる？」

うっすらとした不安を抑え込み、「イベントって、どんな？」と朝陽は尋ねる。

「えっとね、イベント会場にゲームの製作陣が集まってゲーム配信したり、参加者同士のタイムアタック大会したり。優勝者には豪華プレゼントもあるらしいよ。コラボメニューの食べ物屋さんとか、グッズ販売もあるんだって」

早口でまくし立てた星原が、窺うような顔でこちらを見た。

「……試験が終わったらさ、よかったら、一緒に行かない？　夏休みとか」

ジェルクラを黙々とプレイするばかりで周辺情報にめっぽう疎かった朝陽は、そんなものがあるのかと感心する。毎年夏休みは昆虫の観察と採集に明け暮れていたが、今年は虫を追いかける予定もない。たまにはいいか、と朝陽は口元を緩めた。

「そうだな、及川も休みに入ったらどこかに遊びに行こうって言ってたし」

みんなで行こうか、と返そうとしたら、思いがけず強い力で星原に腕を掴まれた。

「みんなでじゃなくて、二人で」

星原の細い指が肌に食い込んで、朝陽は軽く目を見開く。こちらを見上げる星原の顔は、セミが急襲してきたときと同じくらい必死だ。

星原はしばらく朝陽と視線を合わせた後、我に返ったような顔になって朝陽の腕から手を離した。

「あの、ごめん、急に……」

こちらに横顔を向けた星原の頬が赤い。同年代の女子の顔を、こんなにまじまじと見つめたのは初めてかもしれない。蝶の鱗粉や、触覚や、口吻《こうふん》を見詰めるのと同じ視線を、国吉以外の人間に向けるのも。

星原は大きく深呼吸をすると、意を決したように朝陽を見上げて口を開いた。

「お、尾瀬君！　よかったら、私と、おつき合いしてもらえないかな……！」

緊張のせいか、星原の声は掠れていた。こちらを見上げる瞳は真剣そのもので、相手の緊張に共鳴したかのように朝陽の鼓動も速くなる。

これは、いわゆる告白か。自分は星原から、特別な好意を向けられているのか。

人生で誰かから告白をされることなど想像もしていなかっただけに驚いた。と同時に、不思議な高揚感に包まれる。

これまで星原を恋愛対象として見たことなどなかったというのに、告白された瞬間胸に広がったのは、特別な存在として自分が選ばれた、という喜びだ。

胸がジンと痺れる。作文や絵画コンクールで優秀賞に選ばれ、金のバッジをもらったような感覚だ。嫌な気分ではなかった。星原のことも嫌いではない。星原とジェルクラの話をしていると楽しいし、断る理由もない。頷いてしまってもいいのではないか。

（もう、国吉のことを好きなわけでもないんだし――）

思った瞬間、埋火《うずみび》が爆ぜるように胸の中心に火が灯った。忘れたはずの国吉への恋心が、一瞬だけ着火して、消える。

それは瞬きにも満たない瞬間の出来事だ。でも確実に朝陽の胸には焦げ目がつく。束の間蘇った国吉への恋心が胸の内側を確かに焼いて、後にはじくじくとした痛みが残った。

朝陽は思わず胸の上に掌を当て、強くその場所を押さえた。

もう国吉のことなど好きではないはずなのに、国吉に想いを寄せていた頃の記憶がこの体にはまだ生々しく残っている。感情は思い出せなくとも、体が痛みを覚えている。

「……尾瀬君？」

星原から控えめに声をかけられ、朝陽は斜めに落としていた視線を上げた。

星原は不安そうな顔でこちらを見ている。大きな瞳と、桜色の唇。可愛らしい顔立ちをしていると思う。性格もいい。嫌いなところはひとつもない。

でも、自分は国吉を好きだったように星原のことも好きになるだろうか。あんなふうに熱烈に、周りが見えなくなるくらい。

国吉と目が合うだけで飛び上がるほど嬉しくて、背中を見送るときは淋しさで胸を抉られるようだった。今はもうぼんやりとしか思い出せないけれど、他に比べようもないくらいの熱量を持ったあの気持ちを、星原に対しても抱けるのか。

すぐには答えが出せずに立ち尽くしていたら、星原が慌てたように顔の前で手を振った。

「あの、返事はすぐにじゃなくてもいいの！　まずは一緒にジェルクラのイベントに行ってくれるかどうかだけでも、ちょっと考えておいてくれればいいから」

ね、とことさらに明るい表情で星原が笑いかけてくる。ぎくしゃくした雰囲気を和ませようとしてくれているのだろう。気遣いのできるいい子だ。自分にはもったいないほどの。

「じゃあ、ほら、そろそろ行こうか」

ポニーテールの先を弾ませて星原がゼミ棟のドアを押し開ける。冷房で冷えていた廊下に、蒸れた土の匂いが流れ込んできた。ヒグラシの声は少し小さくなっただろうか。さすがに辺りも薄暗くなってきた。

「すっかり遅くなっちゃってごめんね。及川君たち待たせちゃったかな?」

「いや、大丈夫。時間決めて待ち合わせてたわけでもないし」

図書館に向かって歩きながら、よかった、と星原が笑う。その笑顔を見たら、やっぱり断る必要なんてないんじゃないかと思えて、朝陽は歩調を速めて星原の顔を斜め前から覗き込んだ。

「あのさ、さっきの……ジェルクラのイベントのことだけど」

二人で行こうか。そう言おうとしたときだった。

「ジェルクラのイベント、行くの?」

ただでさえ緊張気味に口を開いたというのに、後ろから急に声をかけられて大げさなくらい肩が跳ねた。振り返ってさらに驚く。背後に立っていたのは国吉だ。

図書館にいるはずの国吉がここにいることより、振り返るまで誰に声をかけられたのかわからなかった自分に朝陽は衝撃を受けた。

「あれっ、国吉君、図書館で及川君たちと勉強してたんじゃなかったの？」

国吉は「ちょっと休憩」と言って、片手で持ったペットボトルを振ってみせた。

「もう講義も終わってるはずなのに、朝陽がなかなか来ないから自販機で飲み物買うついでに迎えに来た」

朝陽はまだ完全に驚きから立ち直れないまま、「わざわざ迎えに来なくても……」と口の中でぼそぼそ呟く。国吉は軽く笑っただけでそれに答えず、右手で持ったペットボトルを左手に放り投げてキャッチした。

「で、さっき言ってたジェルクラのイベントだけど、確か来月から始まるんだっけ？」

半分に減ったペットボトルの中身がちゃぷんと音を立てるのを聞きながら、朝陽は曖昧に言葉を濁した。星原も「んー」と相槌ともつかない声を上げて笑っている。

そんな二人の様子を見て、国吉はにっこりと笑った。

「いいな。俺も行きたい」

「いや、その、国吉……」

「どうせだったら及川たちも誘おう。星原さんも、友達誘ってみんなで行かない？」

笑顔の国吉を見て、星原は困ったような視線を朝陽に向ける。朝陽もなんと説明すべきか迷っていると、遠くから「天音ちゃーん」と星原を呼ぶ声がした。いつも星原と一緒にいる女子二人だ。

「あ、じゃあ、私はこれで……。イベントの話は、また今度ね」

星原は朝陽と国吉に軽く手を振ると、女子二人と合流して図書館の方へ歩いていった。

ゼミ棟の前は人気も少なく、近くを通りかかる人もいない。だんだんと小さくなっていくヒグラシの声に耳を傾けていたら、ちゃぽんと水の揺れる音がした。見れば国吉が、またペットボトルを左手から右手へ投げて遊んでいる。

星原の姿が完全に見えなくなってから、国吉は朝陽へと視線を戻した。

「楽しい計画の邪魔してごめんね」

何もかも見透かしたようなその口調に朝陽は目を丸くする。

「お前、もしかしてわかっててあんなこと言ったのか？」

「察するに、二人っきりでイベントに行こうとでもしてたとか？」

やっぱりわかっていたんじゃないか、と朝陽は呆れる。しかし考えてみれば国吉のように敏くて空気の読める男が、あの雰囲気を察することができないわけもないのだ。

「わかっていてどうして邪魔なんてしたんだ？」

図書館に向かいながら尋ねてみたが、返答がない。不思議に思って振り返ると、国吉はその場から一歩も動かず、片手にペットボトルを握りしめて朝陽を見ていた。

「……わからない？」

朝陽もその場に立ち止まる。こちらを見る国吉の顔に、先程星原に向けていた人当たりのいい笑みは浮かんでいない。しばらくは本気でわからなかったが、国吉の顔を見詰めるうちに、ようやく一つの可能性に思い至った。

（もしかして、国吉は星原さんのことが好きなのか）

だから朝陽と星原が二人で出かけようとしたところを邪魔してきたのだろうか。

なるほど、と口の中で呟いて、それ以上の感想がないことに朝陽は戸惑う。

国吉への恋心が消えたことはすでに自覚していたつもりだったが、こんな状況で胸がちくりとも痛まない自分に驚いた。高校時代は国吉が彼女と一緒に歩いているのを遠くから見るだけで心臓がねじ切れそうだったのに。

朝陽は胸の辺りに手を添える。想いの輪郭だけがここにあり、中身は丸ごと失われている。そんな感覚に襲われて足元がぐらついた。

掌で胸を押さえていないと、大きな虚《うろ》から自分の中身が全部こぼれてしまいそうで怖い。もう国吉に対する恋心はないというのに、巨大な想いが存在していた跡地のような空洞を事あるごとにまざまざと見せつけられて息苦しくなった。

朝陽が肩で息をしていることに気づいたのか、国吉が深刻な表情をほどいた。

「朝陽？　どうしたの、顔が真っ青だ」

肩に触れられそうになって、朝陽はとっさに一歩下がる。国吉に触れられても何も思わないだろうと予想がつくだけに触れられたくなかった。記憶の中の自分と現在の自分の感覚が違いすぎて、頭の芯がよじれそうだ。

なおも追いかけてこようとする国吉を片手で制し、朝陽は冷や汗の滲む額を拭った。

「大丈夫だ、気にするな。それより、さっきのは、あれか、嫉妬か？」

国吉は朝陽に向かって伸ばしていた手を宙で止めると、ゆっくりとそれを下ろし、うん、と頷いた。眼差しはまっすぐで、ああやっぱり、と思う。それしか思えない。

「じゃあ、俺は、あまり星原さんに近づかない方がいいな？」

友人の恋路を邪魔してまで星原とつき合いたいとは思えずそう口にすると、気遣わしげだった国吉の眉間に深い皺が寄った。

「どういう意味？」

「だから、お前の邪魔をしないように……。国吉は星原さんが好きなんだろう？」

「なんで、違うよ」

「でもさっき、嫉妬だと」

会話が噛み合わない。何か聞き間違えたか。考えているうちに今度こそ国吉の腕が伸びてきて朝陽の肩を摑んだ。

薄いTシャツ越しに国吉の掌の熱が伝わってくる。指先の力強さは星原が朝陽の腕にしがみついてきたときと似ていて、朝陽を見るその目も星原と同じくらいに必死だった。

「朝陽と星原さんが二人で出かけるんだってわかったとき、嫉妬した。朝陽を独り占めしようとしてる星原さんに」

人通りのないゼミ棟の前に、低く押し殺した国吉の声が響く。

朝陽はひとつ瞬きをすると、自分の肩を摑む国吉の手に視線を落とした。

国吉の言葉は理解できたが、感情が動かない。海に油を流したようだ。水面は鈍く光って、風が吹いてもさざ波一つ立つこともない。

「……俺に嫉妬するならともかく、星原さんに嫉妬してどうする」

昼から漏れた声はどこまでも平淡で、呆れすらも混じっていなかった。

真に受けていないとでも思ったのか、国吉がむきになって言い返してくる。

「嫉妬もする。最近、見るたび朝陽の隣に星原さんがいるから」

「言い過ぎだ。たまに一緒になるだけだろ」

「たまにじゃない。おかげで最近は朝陽と喋る機会が減った」

「なんだ、そんなに俺とお喋りしたいのか？」

冗談のつもりで口にしたのに、国吉が真剣な顔で頷くものだから笑えなくなった。

以前の国吉ならそんなことは言わなかった。来る者拒まず、去る者追わずが国吉の信条だったのではないのか。

国吉の豹変ぶりに、一体何を思えばいいのかわからない。

以前の自分なら卒倒するほど喜んだだろう。それくらいの想像はつく。でも今は何ひとつ国吉の言葉が響かない。過去の自分と今の自分は、もはや完全に別人だ。

肩を掴む国吉の手に自身の手を重ね、朝陽はゆっくりとそれを外した。

「……やめてくれ。そんなことを言われても、俺はもう喜べない」

国吉は小さく息を呑み、朝陽にほどかれた自分の手を見て傷ついたような顔をする。

ひどく冷淡なことを言ってしまったと思ったが、国吉を気遣う余裕もないほど朝陽は自分の反応が怖かった。国吉への恋心を失った今、自分の胸にはどれほど途轍《とてつ》もない空白が広がっているのか。それがわかってしまいそうで怖い。

じりじりと後ずさる朝陽を国吉が追いかける。

「朝陽、待って。お願いだから話を聞いてほしいんだ」

「……明日にしてくれ。明日なら、ちゃんと聞けるから」

言いながら踵を返そうとしたら、国吉の焦れたような声が暗い歩道に弾けた。

「そうやって一日経つたびに、朝陽は俺を見なくなるだろ……！」

滅多にない国吉の大声に思わず足を止めてしまった。その隙に国吉は一足飛びで朝陽との距離を詰めてきて、腕を掴まれたと思ったらもう国吉の顔が目の前まで迫っていた。

「朝陽、もう一度うちの神社に行こう。本社からの連絡はまだないけど、何か力になれるかもしれない」

国吉の顔を見上げ、朝陽は無表情で首を横に振った。

「行かない。行く必要もない。別に日常生活に支障があるわけじゃない。むしろ虫のことを辺り構わず喋らなくなって、周りの人間を不快にさせずに済むようになった。大丈夫だ。たかが虫を好きじゃなくなっただけで——」

「俺のことも？」

朝陽の言葉を遮るように、国吉が鋭い口調で尋ねてくる。

「俺のこともう、好きじゃない？」

単刀直入に切り込まれて言葉に詰まった。目を逸らそうにも、国吉の眼差しが強すぎて逃げられない。観念して、一番自分の気持ちに近い言葉を口にした。

「……以前とは、好きの度合いが少し違っているような気はする。でも別に、嫌いになったわけじゃない。大学の友人の中で一番親しいのは今も国吉だと思ってる」

朝陽の言葉が終わらぬうちに、国吉は苦しそうな顔で視線を落としてしまう。嫌いではないと言っているのに。どうしたら伝わるのだろうともどかしく言葉を重ねた。

「俺はずっと、国吉のことを恋愛対象として好きだったんだ」

もう何年も胸に隠していた言葉は、自分でも驚くほどあっさりと口から転げ出た。

鋭く息を呑んだ国吉を見て、朝陽は唇の端に微苦笑を浮かべる。

「気づいてなかったわけじゃないんだろう？　見て見ぬふりをしてただけで」

「……それは」

「別に責めたいわけじゃない。友人関係を絶たずにいてくれたことは感謝してる。俺もはっきりと言葉にすることはできなかったしな。お前のことが好きだったから、拒絶されたくなくて。もう口も利いてもらえなくなるんじゃないかと思ったら、怖くて」

苦笑交じりに告げれば、国吉に呆然とした顔を向けられた。

「……だったら、どうして今それを俺に言ったの？」

「今はもうそういう意味でお前のことを好きじゃないからだ。でも、以前の俺がそういう気持ちを持っていたというだけでも拒否感があるなら、距離を空けられても仕方ない」

「……朝陽の中で俺は、いなくてもいいくらいの存在になったってこと？」

国吉の声は掠れている。表情も真剣そのものだったが、朝陽は国吉の言葉を無理やり笑い飛ばした。そんなに深刻に考えることじゃないだろうと笑いながらも、これ以上自分の中にできた虚を暴かれたくなくて必死だった。

国吉のことが好きで、好きで、告白もできなかった。あの頃の自分が別人のように思える。自分が以前と変わってしまったことを、国吉を前にすると嫌でも自覚させられた。

また息苦しさに襲われて、朝陽はシャツの上から胸の辺りを握りしめた。

「国吉にとってもその方がいいだろう。男に好かれたって困るだけだろうし。ほら、そろそろ行かないと、さすがに及川たちも帰り支度を始めるぞ」

そう言ってみても、国吉は朝陽の腕を摑む手を放そうとしない。それどころか、「帰りにうちの神社に寄ってほしい」と再び懇願され、朝陽は大きく首を横に振った。

「いい、大丈夫だ」

「大丈夫なわけないだろ？　虫を好きだった気持ちが消えて、俺を好きだと思う気持ちも消えた。他にも何かを好きだった気持ちが消えるかもしれないのに」

なおも首を横に振る朝陽を見て、国吉はもどかしげに眉を寄せた。

「朝陽が思ってるより、事態は深刻かもしれない。前に朝陽を駅まで送ったときのこと覚えてるだろ？　急に朝陽が泣きだして、でも次の瞬間にはけろりとした顔で『なんで泣いたのか覚えてない』って……まるで急に感情が消えたみたいだった」

朝陽の目をまっすぐに見て「俺は怖い」と国吉は言った。朝陽の方がどきりとするような、真剣極まりない表情だった。

「感情が虫食い状態になって、朝陽は怖くないの？　俺は不安だ、このまま朝陽の中から感情らしい感情が全部消えそうで……」

帰り道で突然泣きだした朝陽を見てから、国吉はずっとそんなことを考えていたらしい。当の朝陽はあの日の出来事など思い出すこともなかったし、あのとき自分がどうして泣いていたのかももう、わからないというのに。

わからない。虫に食われた落ち葉に穴が開くように、自分の感情も穴だらけになってしまった。もしかしたら、いずれは葉脈しか残っていない状態になってしまうのかもしれない。そうなったとき、自分に人間らしい振る舞いはできるだろうか。

国吉の不安が伝染してしまいそうで、朝陽はその視線から逃れようと下を向いた。

「だとしても、自業自得だ。お前に止められたのに蝶を見ていた俺が悪い。国吉が気に病むことじゃないだろう。そんなに責任感が強くてどうする」

「責任感じゃない」

腕を摑む国吉の指先に力がこもった。痛いくらいのそれに顔を顰めるが、国吉はそれすら目に入っていない様子で声を低めた。

「ただ俺が、前の朝陽に戻ってほしいだけだ。虫が好きで、いつだって俺のこと追いかけてきてくれた朝陽に」

「俺はもとに戻らなくても構わないと言ってるだろう」

国吉と喋っていると不安ばかりが募る。直視したくない感情を苛立ちにすり替え、朝陽は力任せに国吉の手を振り払った。

「以前の俺に戻ったら、俺はまた毎日お前を追いかけて、お前の周りにいる人間に嫉妬して、苦しいばかりだ。戻りたくなんてない。お前だって、俺が追いかけていたときは振り返ってくれなかったのにどうして今頃追いかけてくるんだ？　おもちゃを取り上げられた子供の気分か？」

一心に誰かに想われるのは、胸の奥が甘く痺れるような甘美な感覚をもたらすものだ。

朝陽も星原に告白されてそれを知った。

国吉はあの感覚が惜しいのかもしれない。高校時代から今までよそ見もせずに国吉のことだけ追いかけていた朝陽の視線を浴び続けるのは気持ちのいいことで、その視線が他人に移ってしまったのが面白くないだけなのではないか。

国吉が何か言おうとするのを遮って、朝陽は語調を荒くした。

「もう俺は国吉のことなんて好きじゃない。恋心は全部蝶に食われたんだ。ここには何も残ってない！」

ここ、と言いながら自分の胸を強く叩いた。

自分の声がびりびりと胸を震わせる。まるで体の内側に空洞を抱えて大きな声で鳴くセミのようだ。何もない、と自分で言い切ったら、その心許なさにクシャリと潰れてしまいそうになった。

朝陽は今度こそ国吉に背中を向けて走り出す。図書館とは反対の正門へ向かって。

いつの間にかヒグラシたちは鳴きやんで、校内には木々のざわめきばかりが響いている。その中を、朝陽は脇目もふらずに駆け抜けた。

国吉は追いかけてこない。そのことにホッとするばかりで淋しさを感じない自分に、もう違和感は覚えなかった。

国吉と口論めいたものをした翌週、期末試験が始まった。

試験の間、朝陽は連日テストが始まる直前に教室に入り、答案用紙を提出すると一人でそそくさと部屋を出た。国吉の顔を見れば苦しくなる。今は試験に集中したかった。

そんなことをしていたら国吉だけでなく及川たちや星原まで避ける格好になってしまい、試験の間中、朝陽はほとんど誰とも喋らずに過ごした。

昼休みは校内にある広場に設置された噴水の近くに腰かけ、生協で買ったおにぎりを一人で食べた。まるで国吉に会う前の高校時代に戻ってしまったかのようだ。

高校生の頃は、地面を歩くアリを目で追っていればいくらでも時間を潰せた。でも今は、地を這う虫にも空を飛ぶ虫にも朝陽の目の焦点が合うことはない。携帯電話を取り出してジェルクラもしてみるが、真夏の直射日光が降り注ぐ中では画面がよく見えず、結局何することなく噴水から上がる水など眺めて時間を潰した。

そうやって、連日真昼の直射日光に当たっていたのがよくなかったのかもしれない。

一週間近い試験が終わった途端、朝陽は熱を出して寝込んだ。両親からは夏バテだろうと言われてベッドで過ごし、そのまま学校に顔を出すこともなく夏休みに突入した。

八月に入っても朝陽はベッドから出られず、その間、国吉からはもちろん、及川や星原からも携帯電話にメッセージが届いた。内容は『具合は大丈夫か？』と体調を気遣うものから、『ジェルクラしようぜ』とゲームに誘うものまでさまざまだったが、朝陽は誰のメッセージにも返事をしなかった。頭の芯に霞《かすみ》がかかったようにぼんやりして、なんと返事をすればいいのかまるで思い浮かばなかったからだ。

最初に連絡が途絶えたのは及川たちだ。『具合よくなったら遊ぼうな』というメッセージを最後に連絡を入れてこなくなった。

星原も『流れ学の試験難しかったね』とか『ジェルクラの新しいステージやってみた?』とかまめに連絡をくれたが、夏休みが始まって一週間が過ぎる頃には間遠になった。

メッセージを読んでいるのに返事をしようとしない朝陽の行動をどう捉えたのか、最後に星原から送られてきたメッセージには、ジェルクラのイベントには一緒に行けなくなった、と書かれていた。星原から告白したことも忘れてほしい、とのことだ。

朝陽はベッドの中でそのメッセージを読んで、ただぼんやりと瞬きをした。残念だとも思えない。星原に対して申し訳ないと思う気持ちだけは胸に浮かんできたが、それも水底から浮き上がってきた気泡が水の面でぱちんと弾けるように一瞬で消えてなくなってしまった。

夏休みに入って二週間も経てば、毎日連絡をくれるのは国吉だけになっていた。

真夜中、本棚に並んだ昆虫図鑑の背表紙をまんじりともせず眺めていると国吉からメッセージが届く。何もする気にならず、でも眠ることもできずにじりじりしている朝陽の心中を読んだかのように送られてくるメッセージには、必ず数枚の写真が添付されていた。どれも野外で昆虫を撮影したもので、『セミが飛び立つ瞬間が撮れた』とか、『夜中の自動販売機でカブトムシ発見』といった短いコメントが添えられている。

『これなんてハチ？』というメッセージとともに送られてきた写真には、丸々とした鶯《うぐいす》色の体に透明な翅をつけた虫が写っていた。花の周りを飛ぶ姿は確かにハチに似ているが、朝陽は枕に横顔をつけたまま、違うな、と呟く。これはハチではなくて、オオスカシバ。蛾の仲間だ。

名前を教えようかと思ったが、指先を動かすのも億劫で、結局写真を眺めて終わった。それでも国吉は、連日めげずに朝陽にメッセージを送ってくる。

昆虫の話ばかりでなく、国吉神社の本社からまだ連絡が来ない、というメッセージもたまに届く。国吉の父親は蝶に心を食われた人間にどう対処すべきか本社に問い合わせ続けているそうだが、今のところ明確な回答は返ってきていないらしい。

メッセージを送るだけにとどまらず、国吉は見舞いの品を持って朝陽の家を訪ねることさえあったが、朝陽は臥せっているのを理由に国吉と会おうとはしなかった。

国吉の面会すら断る朝陽を見て、両親もいよいよ朝陽の異変に気づいたようだ。何か大きな病気ではないかと心配されているのがひしひしと伝わってくる。朝陽もどうにか以前のような生活に戻したかったが、ベッドから起き上がろうとしても体に力がはいらない。

熱こそ下がったが、何か考えようとしても思考は薄い雲のように散り散りになってしまう。

そうやって、いつものようにベッドでうつらうつらと過ごしていたある日、母親が控えめに朝陽の部屋のドアをノックした。

「朝陽、また国吉君がお見舞いに来てくれてるけど、会ってみる？」

朝陽はいつものように首を横に振ろうとしたものの、母親の顔を見て思い留まる。ドアの陰からこちらを見る母親は、今にも泣きそうな顔をしていた。

「……ねえ、お母さん今からちょっとお買い物に行ってくるから、その間だけでも国吉君とお話してみたら？　気分転換になるかもしれないし……」

昔から国吉のことになると朝陽は目の色を変えていたので、会えば何か刺激になると思ったのかもしれない。母親がひどく心配してくれているのもわかるだけに断り切れず、朝陽はなんとかベッドの上で身を起こして「会うよ」と言った。

雲間から日が差すように、母親の顔にさっと笑顔が浮かんだ。

「本当？　あ、じゃあ、着替えとかする？」

「国吉一人なんだろ？　このままでいいよ。今更かしこまるような仲でもないし。この部屋まで来てもらって」

わかった、と足取りも軽く母親は階段を下りていく。

正直に言えば座っているだけでも体が重く、今にも後ろに倒れ込みそうだったが、朝陽はヘッドボードに背中を預けてなんとか身を起こしておいた。しばらく待っていると、階段を上る重たい足音がゆっくりと近づいてくる。

ドアをノックされ、掠れた声で「どうぞ」と返した。ゆっくりと開いたドアの向こうから顔を覗かせたのは、片手に重たげなビニール袋をぶら下げた国吉だ。

ドアの隙間に身を滑り込ませるようにして室内に入ってきた国吉は、後ろ手でドアを閉めながらまず「具合は大丈夫？」と朝陽に声をかけてきた。

「わからん。風邪の類ではなさそうだが……。座っていいぞ」

ベッドの脇に立ち尽くしている国吉に、朝陽は部屋の隅の学習机の方を指さした。朝陽が子供の頃から使っている机の前にはキャスターつきの椅子が置かれている。

国吉は机の前に立つと、椅子を引き出すでもなくじっと机の天板を見詰めた。

「……昔から変わらないね」

そう言って、天板に敷かれた半透明のデスクマットを撫でる。マットの下には昆虫博物館や昆虫園でもらってきたチラシなどが挟まっていたはずだ。その上に、国吉は片手に持っていた袋をガサリと置いた。

「梨、よかったら食べて。果物なら食欲なくても食べやすいから」

「わざわざ買ってきたのか？」

「もらい物。この時期は親戚から山ほど届くんだ」

机の下から引っ張り出した椅子をベッドの脇まで引き寄せた国吉は、昆虫のポスターや標本が飾られた部屋を改めて見回し、「相変わらず凄い部屋だね」と小さく笑った。

初めて国吉をこの部屋に招いたのは高校生のときだ。昆虫相撲の準備が終わらず、休日に国吉とここで準備を進めた。

いくら国吉が自分の虫好きを面白がってくれているとはいえ、さすがにこの部屋を見たら気味悪がられるのではないか。そんな心配をしていたのだが、国吉は気味悪がるどころか興味深げな顔で部屋中のポスターや標本、図鑑まで見て回った。そして今と同じように、凄いな、と心底感心した声で言って笑ったものだ。

（あのとき、俺は——……）

何を思ったのだったか。記憶は遠い。霧の向こうを透かし見るようで思い出せない。

自室でひとり過ごしているときも、時折同じような感覚に見舞われる。

朝陽の部屋には昆虫に関するものがたくさんあって、どこを向いても以前の自分が好きだったものが目に飛び込んでくる。にもかかわらず、朝陽は過去の自分が何を思ってそれを集めていたのかわからない。自分の気持ちの痕跡だけを見せつけられるようで、ときどき言い知れない焦燥感に襲われた。忘れてはいけないことを忘れてしまったような不安に駆られて記憶を探るが、かつて自分が抱いていた感情が戻ってくることは決してない。

国吉を見ているときも同じような気持ちになる。だから見舞いに来てもらってもなかなか会わずにいたのに、国吉はそんな朝陽を咎めるでもなく、口元に優しい笑みを浮かべてこちらを見た。

「急に押し掛けてごめん。でも、どうしても朝陽の様子が気になって」

柔らかな声。きっと以前の自分は、国吉のこんな声が好きだった。

朝陽はブランケットの端を握りしめ、俯いて首を横に振った。

「……俺こそ、なんの返事もしなくて、悪かった」

「いいよ。俺が勝手に連絡入れてるだけなんだから。そうだ、この前写真送ったハチみたいなやつの名前が知りたかったんだ。ほら、緑っぽい体の」

国吉はズボンのポケットから携帯電話を取り出すと、フォルダを開いて写真を探し始める。わざわざ見せてくれなくてもわかる、と言おうとして、朝陽は言葉を失った。フォルダの中に、おびただしい数の昆虫の写真が保存されているのが見えたからだ。

「……それ、全部お前が撮ったのか?」

「ん?　うん。よっぽど珍しい虫だったら朝陽も反応してくれるんじゃないかと思って。あちこちの山とか川辺にも行った」

画面をスワイプしながら、国吉は照れくさそうな顔で笑う。

「今度高尾山にも行ってみようと思ってるんだ。ほら、前に朝陽が見せてくれたテングアワフキだっけ?　顔がにゅって伸びてる可愛いやつ。あれを探してみようと思って」

国吉は本当に楽しそうな表情でそんなことを言う。

昆虫相撲で競わせる虫を捕りに行ったときも国吉はこんなふうに笑っていた。夜も明けきらない早朝の集合にも嫌な顔一つせず、朝陽と同じくらいわくわくした顔で。

国吉のあの横顔に惹かれたのだ。その事実だけは覚えている。事実だけ。感情の輪郭だけ。

「あ、あった。こいつだ。ほら、ハチにしてはやたらと大きい……」

「ハチじゃない、オオスカシバだ」

相手の言葉尻を奪うように口を挟むと、国吉がぱっと顔を上げた。

「さすが。でもこいつ、ハチじゃないなら蝶とか――」

国吉の声が不自然に途切れた。目が合ったと思った次の瞬間、国吉の驚いたような顔が滲んで溶けて見えなくなる。

国吉の顔を見ていたら、どうしてか小学生の頃のことを思い出した。

夏休みの自由研究で作った昆虫標本。親友だと思っていた相手から距離を置かれるきっかけを作ったあの標本は、学年の最優秀賞をもらってずっと職員室の前に飾られていた。

二学期の終わり、朝陽はあの標本を学校から持ち帰った。道具箱や絵の具や鍵盤ハーモニカを両手で持って、さらにあの標本を抱えて。

自宅に帰る途中にある橋のかかった小さな川を渡っていたら、後ろから同級生に面白半分で体当たりされた。

重たい荷物を持っていた朝陽はよろけて地面に膝をつく。弾みで道具箱の蓋が外れ、中から色鉛筆やハサミ、定規などが飛び出した。手提げ袋に入れていた標本も地面に打ちつけられ、コンクリートの上をバウンドして橋の欄干から川に転げ落ちる。

あっと声を上げ、朝陽は色鉛筆や定規には見向きもせず欄干の隙間から腕を伸ばす。けれど指先は虚しく宙を掻き、標本は濁った川に落ちて見えなくなってしまった。

指先を離れ、もう二度と戻ってこない昆虫標本。標本だけでなく、それを作るために奔走した時間や、友人に見てもらうのが楽しみでわくわくしていた気持ちも一緒に落としてしまったようで泣きたくなった。昆虫に対する興味を失っても、あのときの絶望的な気分はきっと一生忘れられない。

国吉を見ているとあの気持ちを思い出す。悲しい、悔やまれる、でもどうにもならない。目の縁に涙が盛り上がって、前より強くブランケットを握りしめたらその手に国吉の手が重ねられた。四六時中冷房の効いた部屋にいる朝陽の手は夏だというのに冷え切っていて、国吉の掌がやけに熱く感じた。その熱が、朝陽の中の何かを溶かしたのかもしれない。引き結ばれていた唇がほどけ、呻くような声が漏れた。

「苦しい……っ」

言葉にしたら、両目からぼろっと涙がこぼれた。

これ以上涙が溢れてこないよう、朝陽は固く目をつぶる。

「もう俺は、国吉のことなんて好きじゃないんだ……！　好きだった気持ちが思い出せない。国吉だけじゃない、虫も、ジェルクラだってもう、何も好きじゃない！」

ほんの少し前まであれほど熱中していたジェルクラも、プレイしなくなってもう久しい。夏休みに入ってからは一度もログインすらしていなかった。

一つ、また一つと好きだったものが消えていく。昆虫を好きだった気持ちが消え、国吉への恋心が消え、ゲームへの興味が消えて、ようやく朝陽は思い知った。好きな物があることが、どれだけ日常生活の中で自分の背中を支えてくれていたのかを。

課題が終わったら虫を探しに行こう、週末になったらジェルクラのイベントを進めよう、月曜日には国吉の顔が見られる。一つ一つは些細なことだが、そういう気持ちの張りのようなものがいっぺんになくなって、風船に穴が開いたように心がしぼんでしまった。

もしかすると自覚していないだけで、自分はもっとたくさんの好きなものを失っているのかもしれない。

朝陽は深く俯いて、苦しい、と嗚咽交じりに繰り返す。目を閉じていても睫毛の下から涙が溢れてきて、ブランケットに小さな染みがいくつもできた。

国吉は朝陽の言葉に耳を傾け、冷たくなった朝陽の手をしっかりと握りしめた。

「そんな状況じゃ辛かったね。何もできなくて、ごめん……」

朝陽と同じく、国吉の声にも苦々しい響きが交じっていた。自分のふがいなさを悔いているかのようだ。国吉がそんなことを思う必要などないのに。

朝陽は小さくしゃくり上げ、国吉に掴まれていない方の手で乱暴に目元を拭った。

「……どうして国吉は、ここまでしてくれるんだ？　止められているのに勝手に何度も蝶を見に行った俺が全部悪いんだ。お前がここまでしてくれる必要なんてないのに……」

言葉の途中で、国吉が気落ちしたように目を伏せた。もしや突き放すような言い草に聞こえたのかと、朝陽は慌てて言葉を添える。

「毎日連絡をくれたり、わざわざ会いに来てくれたりするのはありがたいと思ってる！国吉を好きな気持ちは消えても、嫌いになったわけじゃないからな！」

瞬きで涙を払って力説する朝陽を見て、国吉がふっと表情を和らげた。

「だったら、これからも好きにやらせてほしい。朝陽に虫好きに戻ってほしくて俺が勝手にやってることだし。俺は、お前みたいにひたむきに何かを好きになったことがないから」

「……それだけの理由で、ここまでするのか？」

「俺にとっては十分な理由だけどな。何かに熱中できる朝陽を、長年どんな目で俺が見てきたと思う？」

国吉は朝陽の手を柔らかく握り込んだまま、自身の胸元に目を落とした。

「俺はずっと、自分の心は物心つく前に蝶に食われたんだって思ってた。蝶を認識する前から、自分が熱しやすくて冷めやすいって自覚はずっとあったし」

クラスで流行しているゲームやアニメ、スポーツなど、一通り手を出してみても楽しいのは一瞬ですぐに飽きてしまう。一度飽きればもう再燃することもない。

そんな国吉を見た両親は「お前は子供の頃に蝶に心を食われたんだな」と冗談交じりに言っていたそうだ。

「俺は、あながち冗談でもないんじゃないかと思ってた。あの蝶が人の心を食らうんだって聞いたときは、なら俺の心もあいつらに食われたんだろうって納得さえした」

それまでは何に対しても夢中になれない自分を持て余していたが、そういう事情なら仕方がないと諦めもついた。

どこかすっきりとした顔で当時を語る国吉を見て、朝陽は濡れた睫毛を瞬かせる。

「……でも、国吉はいつも面白がっていろいろなことをしてるだろう?」

国吉の周りには、様々な趣味に没頭する変人たちが集まってくる。国吉がこちらの話に耳を傾け、一緒に楽しんでくれるからだ。朝陽だってそれが嬉しくて何度も国吉を虫捕りに誘ったし、虫うんちくも披露していたのに。

「まさか……あれは全部演技だったのか？」

だとしたら恐ろしい。国吉の表情はなんらその本心を反映していなかったことになる。

一瞬で青ざめた朝陽を見て、国吉が慌てたように身を乗り出してきた。

「違う、演技じゃない！」

よほど焦ったのか、国吉が強く朝陽の手を握りしめてくる。さすがに痛い、と朝陽が訴えると指に込めた力こそ緩めてくれたが、朝陽の手を離そうとはしない。

「神社の裏山に一般人が立ち入らないようわざと不穏な噂を広めてたせいで、俺が小学校に入学した直後はクラスメイトからそのことをからかわれることも多かったんだ。中でもいじめっ子のリーダーに目をつけられたときは、すごく困った。これはどうにかしないとこの先の学校生活に支障をきたすと思って、なんとかリーダーと親しくなろうとした」

リーダーが対戦格闘ゲームに夢中になっていることを知った国吉は、自分も同じゲームを買い、黙々と練習をしてからリーダーに対戦を挑んだ。

相手の家に招かれて対戦した結果、国吉は辛勝。すぐに再戦を申し込まれ、今度はリーダーが僅差で勝利。もう一回、と何度も対戦するうちに、いつの間にかリーダーと仲良くなって、国吉はどうにかクラスに自分の居場所を確保できたらしい。

「リーダーに対戦を挑む前に一人で黙々とゲームをしてたときは、そんなに面白いものでもないと思ってたんだ。でもリーダーと対戦して、各キャラクターの戦略なんかを教えてもらって、家庭用ゲーム機じゃ物足りないからって財布握りしめてゲームセンターに連れて行ってもらうようになったら、なんだかどんどん面白くなってきた」

やがて国吉は理解する。自分が面白さを感じているのはゲームそのものではなく、ゲームについて熱っぽく喋り続けているリーダー自身なのだと。

何かに夢中になっている人を見るのは楽しい。頬が紅潮して、目が輝いて、好きなことを追いかけるためにいつも忙しそうで、でも充実しきった顔をしている。

自分もあんなふうに何かに熱中できたら楽しいだろうと憧れても、国吉がその気持ちを体得することはない。今度こそ、と思ってもすぐに熱が冷めてしまう。

それでも何かに夢中になっている人間と行動を共にすると、その熱が少しだけ自分にも分け与えられる気がした。だから相手と一緒に何かを調べたり、どこかへ行ったりすることは国吉にとってとても楽しいことなのだ。演技ではない。

そこまでは力強く言い切ったものの、続く言葉に迷ったのか、国吉の勢いが急に失速した。

「……演技ではないけれど、相手に声をかけるとき下心があったことは、否定できない」

俯いて、国吉は雨だれが落ちるようにぽつりぽつりと続ける。

小学校に入学してすぐ、いじめの標的にされかけた国吉は必死でそれを回避しようとした。最初はいじめっ子たちのリーダーを味方につけることができたが、クラス替えのたびに同じような問題は繰り返される。だから国吉はクラスのリーダー的存在だけでなく、教室内で孤立している生徒にも声をかけるようになった。少しでも味方を増やすために。

「手っ取り早く仲良くなるには相手の好きなものに興味を持つのが一番だってわかってたから、そこから探りを入れて会話を弾ませることは多かった」

国吉は俯けていた顔を上げ、朝陽の顔をまっすぐに見る。その顔が緊張で少し強張っているのを見て、唐突に朝陽は理解した。

「高校時代、俺に声をかけたのも味方を増やすためか？」

校舎の裏でひとり弁当を食べていた朝陽に、どうして国吉が声をかけてくれたのかずっと不思議だった。その理由がようやくわかって、朝陽は目も口も丸くする。

朝陽の言葉を肯定するように、国吉は苦しい表情で目を伏せた。

「もう、子供の頃からの習い性に近い。一人でいる奴を見ると、こいつは味方にできる、と思って声をかけてる。一人でいる人間を放っておけないとか、そんな理由じゃない」

膝の上で拳を握り、国吉は溜息に混ぜた声で呟いた。

「……優しくなんてないんだ、俺は」

朝陽は長年、国吉のことを根っからのお人好しで優しい男だと思っていた。高校時代、友達も作れず校舎の裏で弁当を食べていた自分に構ってくれたときから、ずっとだ。でもその行動の裏には別の意図があった。それを国吉自身は自覚していて、それでこんなにも心苦しそうな顔をしている。

朝陽はなかなかこちらを見ようとしない国吉に、短く尋ねた。

「それの何が悪い」

俯いていた国吉が、弾かれたように顔を上げる。

朝陽は国吉が何を恥じているのかわからない。大学に入った今でこそ教室は随分と風通しがよくなったが、高校までの教室は逃げ場のない水槽のようなものだった。他の個体に寄ってたかって攻撃されれば生き残ることは限りなく困難なものになる。

「国吉のやってることは生存戦略として正しいだろ。それに結果だけ見たら、きっとみんなお前に感謝してるぞ。俺だってお前が声をかけてくれなかったら、もっと味気ない高校生活を送っていたと思うしな」

国吉は何か言いたげだ。朝陽が「なんだ?」と促すと、ようやく重たげに口を開く。

「朝陽はよく俺のことを優しいって言ってくれてたのに、なんだか、騙していたみたいで」

「なんでだ。実際国吉は優しいだろ」

「それは下心があってのことだから」

国吉に最後まで言わせず、朝陽は蚊でも叩き落すように顔の前で手を振った。

「小、中学校の頃は知らないが、高校生にもなればお前の家の神社のことを噂する奴なんて学校にいなかっただろ? お前はいつだってクラスの中心で、わざわざ孤立してる奴を取り込んでまで味方を作る必要なんてなかったはずだ。なのに俺に声をかけてくれた。それだけで十分優しいだろ」

「だから、それは癖みたいなもので」

「癖でもなんでも、声をかけられた相手は嬉しいぞ。前に学食の返却口で困った顔してた一年生だってお前に声をかけられてホッとしたような顔してただろ。あれも味方を増やすための行動か？　じゃないだろ」

長くベッドで過ごしていたせいか、喋っているだけで息が上がる。朝陽は大きく息をつくと、強い口調で断言した。

「お前は元来優しいんだ。だからこそ、いじめられたくないって理由で友達を作ったことが心苦しいんだろう。自分は優しくないいんじゃないかって思い詰めるくらいに」

国吉は目を見開いて、ゆっくりと朝陽の背後に視線を漂わせる。まるで朝陽の後ろに過去の自分が過ごしてきた情景でも流れているかのように。その目が、過去の一点を捉えてぴたりと止まった。

「……でも、つき合ってた彼女たちからは、優しくないってよく言われた」

言われてみれば国吉は彼女ができても、つき合いが長く続いていなかったように思う。国吉の歴代の彼女を思い出したところでもう胸が痛むこともなく、朝陽は長年避けていた話題に自ら切り込んだ。

「前々から不思議だったんだが、あれは何が原因で破局してたんだ？　お前が振るのか？

「どうして私のこと一番にしてくれないの?』って」


振られるのか? 告白するのはどっちからなんだ?」

国吉は椅子の背凭れに身を預け、考え込むように瞬きをする。

「告白も、別れ話も、いつも相手から切り出される。言われるセリフは大体一緒。『どうして私のこと一番にしてくれないの?』って」

その説明だけで十分で、ああ、と朝陽は納得した声を漏らした。

国吉の『好き』には順位がない。同率首位でみんな好きなのだ。

思い返せば国吉は、彼女がいるときもいないときもほとんど行動が変わらなかった。昼休みはクラスの男子と馬鹿笑いしながら弁当を食べ、さっさと弁当を空にしたと思ったら今度はサッカー部やバスケ部に呼び出されて校庭に飛び出し、ときには朝陽のような変人連中とマニアックな話で盛り上がっていたりする。

他の友人たちは彼女ができた途端、「ちょっと約束あるから」なんて言ってそわそわ教室を出て行ってしまったし、携帯電話にメッセージを送ってもなかなか返信がなく、休日は忙しそうで声をかける暇もなかった。つまり彼女にかかりっきりだったのだ。

彼女を優先しない国吉を見て、周りの生徒は「もてる男は余裕がある」などと褒めそやしていたが、当の彼女はだいぶつまらない思いをしたのではないだろうか。

国吉は片手で目元を覆い、溜息交じりに呟いた。

「友達と遊ぶ約束をしてた日に彼女から誘いがあっても、俺は彼女を優先できなかった。

だって先に声をかけてくれた友達との約束を破るのは嫌だ」

その考え自体はまっとうだと朝陽も思う。常に彼女を優先させる必要はないし、他の人間関係も大切だ。

だが国吉の場合は、その交友範囲が広すぎる。友人、知人の数も平均よりずっと多く、しかも誰もが国吉の休日の予定を虎視眈々《こしたんたん》と狙っている状況だ。朝陽だって国吉と休日に虫捕りに行こうと思ったら、何日も前から約束を取りつけておかなければならなかった。

国吉の彼女たちは、恋人の座に納まれば、誰にでも優しい国吉が自分だけを特別に扱ってくれると期待していたのだろう。だが実際はそうならなかった。何度誘っても「先約があるから」と申し訳なさそうに断ってくる国吉を見て、「どうして私を優先してくれないの」と言いたくなる気持ちも理解できないではなかった。

国吉の優しさは博愛に近く、彼女に対してもその感覚で接していたのかもしれない。

「友達も彼女も同じくらい大事だ。でもそういう感覚はあんまり一般的じゃないらしいってわかってきた頃、ちょっと困ったことが起きて――それ以来、告白されても全部断ってる」

「困ったこと？」

いつのことだ、と身を乗り出すと、国吉がちらりと笑みをこぼした。

「朝陽もその場にいたよ」

「ん？　同じクラスだったときのことか？」

「いや、三年のとき。もう秋に近い頃じゃなかったかな」

国吉によると、事の発端は夏休み冒頭までさかのぼるらしい。

その年、国吉は塾の夏期講習で同じクラスの女子を見かけて声をかけた。仮にこれをA子とする。

さらに夏休み中、文化祭の準備をするとクラスから連絡が来たので教室に行ってみたら、他のメンバーも来ないうちから一人で作業をしている女子がいたので手伝った。これはB子だ。

さらにクラスの男子と受験勉強の息抜きに夏祭りに行ったら、たまたま同じクラスの女子グループと一緒になったのでみんなで祭りを見て回った。途中、人込みで集団からはぐれて女子と二人きりになった。これがC子だ。C子とは二人で花火を見て帰った。

どれも国吉にとっては他意のない行動だった。しかしその出来事をきっかけに、塾では必ずA子に声をかけられるようになったし、文化祭の準備中はB子と作業をすることが増えた。C子は国吉と同じ路線で通学していたので、夏休みが終わると毎朝駅で顔を合わせるようになり、学校までの道のりを肩を並べて歩くようになった。

そうして夏が終わる頃、A子とB子とC子がほぼ同時に国吉に告白をしてきた。

これればかりは早い者勝ちというわけにもいかない。悩んだ末に国吉は全員の告白を断った。その結果、国吉はクラスの女子から総攻撃を受けることになったのだ。

「俺に告白してきた子の友達が、それぞれ言うんだ。『その気もないのに、あの態度はひどい』って」

「……それは、言いがかりじゃないか？」

思わず口を挟んだ朝陽を見て、国吉は「どうかな」と肩を竦めた。

「女子からしたら気を持たせるような態度に見えたんだろうから仕方ない。そんなつもりはなかったたって弁解するほど立場が悪くなって、女子から無視を決め込まれた」

「国吉が？」

俄かには信じられない。国吉ならどんな場面でも上手く立ち回れそうなものを。受験シーズンでみんなピリピリしていたせいもあるのだろうか。男子はさすがに同情しただろうと思ったが、国吉は疲れた顔で首を横に振った。

「女子の無視もきつかったけど、男子にいじられるのも辛かったな。『よっ、色男』とか結構面倒くさい絡まれ方して、あの時期はあんまり、クラスの誰とも喋りたくなかった」

国吉が軽く目を伏せる。愁《うれ》いを帯びたその顔を見た瞬間、記憶の蓋がガタッと動いた。

息を呑んだ朝陽を見て、国吉は「思い出した？」といたずらっぽく笑う。

「朝陽が虫かご抱えてうちのクラスに乱入してきたときだよ」

記憶の蓋が完全に開いて、カッと耳が赤くなった。自分がしでかした無茶苦茶な行動を思い出し、あのときか、と居心地悪く呟いたら、国吉に満足そうな笑みを向けられた。

「文化祭が終わって、いよいよ本格的に受験に集中しようって頃だったかな。あのときは廊下で他のクラスの女子とうっかりお喋りなんかすると『今度はあの子狙ってんのか』とかクラスの連中が茶化してきて、大変だった」

その日も国吉はクラスメイトにいじられていた。「さっき隣のクラスの女子と喋ってただろ」「またうちのクラスの女子の顰蹙《ひんしゅく》買うぞ?」なんて男子が国吉を小突き、それを遠巻きに女子が見ている。弁解したところで誰も聞く耳を持たないのはもうわかりきっていて、曖昧に笑ってやり過ごすことしかできない。

息が詰まりそうだ。溜息もつけずに笑ったふりをしていたら、誰かが勢いよく教室に飛び込んできた。

入り口近くの机を蹴倒す勢いでこちらに近づいてきたのは朝陽だった。腕に虫かごらしきものを抱え、周囲の人間に手あたり次第噛みつきそうな凶悪な面相で、まっすぐ国吉のもとにやって来る。

国吉の周りにいた男子が何か言う。朝陽はそれを一顧だにせず国吉の机に虫かごを置いて、なんの躊躇もなくその蓋を開いた。

教室の天井に向かって、わっと何かが飛び出してくる。黒く大きなそれは目で追いきれない速さで生徒たちの頭上を飛び回り、周囲から「虫!?」と悲鳴が上がった。

大きな翅が、ぶん、と低く唸りを上げて風を切る。胴の長いシルエットは、トンボだ。数はそう多くない。全部で五匹いるかいないかだが、国吉の掌から胴がはみ出るくらいに巨大なトンボで、たった数匹が教室中を飛び回っているだけなのに何十匹もの虫が襲い掛かってくるような迫力があった。

教室はもう阿鼻叫喚《あびきょうかん》だ。窓を全開にする者、廊下に飛び出す者、トンボを捕まえようとする者、みんなてんでばらばらに動く中、朝陽はむんずと国吉の腕を掴むと、周囲のパニックなど目にも入らぬ様子で国吉を教室の外に連れ出してしまった。

廊下を歩きながら、国吉は呆然と「今のは？」と朝陽に声をかけた。

「オニヤンマだ。昨日捕まえて、お前に見せようと思って学校まで連れてきた。授業の間は生物室に虫かごを置かせてもらってたんだ」

こちらを振り返ろうともせず大股で歩く朝陽の背中に、国吉はそっと尋ねた。

「……よかったの、せっかく捕まえたのに」

構わん、と短く答えて昇降口にやって来た朝陽は、上履きを履き替えることもせず校舎を出てしまう。国吉も止めるに止められず上履きのまま外に出た。校舎裏の花壇に向かっているようだ、と気づいたところで、朝陽の口から憤ったような声が漏れた。

「お前があんな場所に閉じ込められていることの方がよっぽど問題だ！」

肩を怒らせてそう口走った朝陽を見て、ようやくわかった。教室にトンボを放った朝陽は、室内の空気を掻き混ぜようとしてくれたのだ。淀《よど》んだ空気を乱暴なやり方で掻き回し、国吉の手を引いて、あの場所から国吉を逃がしてくれた。

「——こいつは一体なんなんだろう、と思ったよ」

昔話を語る途中で、国吉は懐かしそうに目を細める。

朝陽はベッドの上に座ったまま、ふん、と軽く鼻を鳴らした。

「出会って一年以上経っていたのに、今更過ぎる感想のようにも思うが」

「虫好きが高じて変人の域に達してる奴だなぁとは前から思ってたよ。でもあのときは、なんで俺のためにここまでしてくれるんだろうって、それが不思議だった」

ともすれば人間よりも昆虫に重きを置きがちな朝陽だ。せっかく捕まえた虫を逃がすなんて、きっと苦渋の決断だったに違いない。

自分のためにそこまでしてくれるのはなぜだろう。クラスが別々になってもなお、朝陽だけは足しげく国吉のもとを訪ねてくれる。他の人間はいつの間にか国吉の前から姿を消しているものなのに。朝陽だけ、飽きもせず国吉の目の前に現れる。何度でも。

そんなに虫の話を聞いてほしいのだろうか。それほどまでに何かを好きになったことのない国吉には、まっすぐ伸びた朝陽の背中が眩しくて直視できなかった。

その光景を思い出したのか、国吉は目を眇めて朝陽に尋ねる。

「あのとき、朝陽は俺の周りで何が起こってるのか知ってた？」

「まあ、なんとなくだけどな。彼女と別れたとかなんとかで、国吉がクラスの女子から非難されているらしい、くらいのことは……。実際は少し違ったようだが」

「だったら、その後の俺の相談の意味なんてわからなかったんじゃない？」

朝陽は国吉の顔を見返して、相談？　とオウム返しにした。

あのときはとにかく雰囲気の悪い教室から国吉を連れ出すのに必死だった。かなり興奮もしていたので、校舎裏に国吉を連れ出した後どんな話をしたのかあまり覚えていない。

「俺はよく覚えてる。多分、一生忘れられない」

そう語る国吉の口調には感慨深そうな響きすらある。そんな重大な相談事をされたのか、とうろたえる朝陽を眺め、国吉は当時の自分の言葉を繰り返した。

「『何にも夢中になれない。執着できない。俺はどこかおかしいのかもしれない』って、家族以外の人間に打ち明けたのはあれが初めてだった」

自分には好きな物も趣味もない。誰かが夢中になっているものに関心を示すのがせいぜいで、それだって長くは続かない。恋人も友人も同じように好きだ。周りと比べて自分に何かが欠落している自覚はあるが、一体どうやったら変われるのだろう、と真剣に相談を持ち掛けた国吉に、朝陽はきっぱりとした口調で「お前はおかしくない」と告げた。

「だってそれがお前の性質だろう」と言い切った朝陽の顔には迷いがなかった。

「……持って生まれたものだから諦めろって？」

「諦めるというか、お前はそれでいいだろう。周りと同じように振る舞う必要もない」

国吉と並んで花壇に腰掛けた朝陽は、地面に視線を落とすと「虫にもいろいろな種類がいるぞ」と言った。

「熱帯ジャングルにいるグンタイアリは、他の生物を食い殺しながら放浪を続ける。隊列を阻むものには容赦なく集団で襲いかかって虐殺だ。残酷な行動を控えるべきだと思うか？　でも、生き物がいなくなった区画に競争力の弱い生き物が入ってきて、その個体数を増やすこともある。グンタイアリがジャングルの生物相《せいぶつそう》を一時的にリセットすることで、森の多様性が保たれてるんだ」

上履きを履いた朝陽の爪先を、一匹のアリが上っていく。朝陽はアリの行動を妨げぬよう、巌《いわお》のように動かずに続けた。

「虫は自分のやっていることが正しいかどうかなんて考えない。持って生まれた性質に従って生きてるだけだ。横暴としか思えない行動でも、それで周りが助かることもある。行動だけじゃなく、姿形がおかしなものもいるぞ。ツノゼミとか、ユカタンビワハゴロモとか、どうしてあんな形になったのか不思議だ。特に利点があるとも思えない」

でも俺は好きだ、と朝陽は力強く言い切った。

一見理不尽に見える行動を取っていても、奇妙な形をしていても、それこそがその虫の魅力なのだと朝陽は熱心に語る。そうやって目を輝かせて好きなものを語る朝陽から、国

吉は目を逸らせなかった。この情熱は自分にはないものだ。憧れに似た気持ちを抱いていたら、朝陽が勢いよくこちらを向いた。

「国吉も、人と違う性格だったとしても無理に変える必要なんてない。俺は国吉のフットワークの軽いところ、いいと思うぞ。他人の話を興味深そうにじっくり聞けるところも尊敬してる」

ともすれば八方美人と言われかねない国吉の行動を、尊敬していると朝陽は言った。そのままでいい、とも。そんなふうに言われたのは初めてだ。別れた彼女たちからは、その性格を直してほしい、自分を一番にしてほしいと何度も言われたのに。

「いいのかな」と呟くと、「いいと思う」と即答された。だが、その後で朝陽はこうつけ加えることも忘れなかった。

「それでもどうしてもお前が自分を変えたいんだったら、応援する。協力もするぞ。お前の好きにしたらいい」

何にも夢中になれないし、誰も特別にできない国吉の性格を知ってなお、朝陽はそれを咎めることをしなかった。変わってもいいし変わらなくてもいい。どっちにしろ俺は好きだと言われたような気がして、そうだったら嬉しい、と思った。

変わりたいと思ったそのとき、今と変わらず朝陽が隣にいてくれたらいい。変わらなくてもいいんだと思えたときも、真っ先に朝陽にそれを告げたかった。

朝陽には、ずっと隣にいてほしい。隣にいたい。校舎に並ぶ窓という窓が一斉に光を反射したときのように、その想いは光より速く国吉の胸を貫き、串刺しにした。「――あのときから、俺にとって朝陽はずっと特別だったんだ」

表情を隠すように片手で口元を覆い、くぐもった声で国吉は言う。

朝陽は相槌を打とうとして、半端なところで首の動きを止めた。

「国吉は、誰かひとりを特別に想うことなんてできないんじゃなかったか？」

「そうだな。朝陽以外には、こんな気持ちになったことがない」

朝陽はすぐに国吉の言葉が呑み込めずに黙り込む。

高校時代も、大学に入ってからも、自分に対する国吉の態度が変わったと思ったことは一度もない。追いかけるのはいつも朝陽で、国吉は方々からかかる声に応じてどこかへ行ってばかりだったではないか。その後ろ姿を、朝陽は毎回焦れた気分で見送っていた。それくらいのことは覚えている。

難しい顔で考え込む朝陽を見て、国吉は困ったように眉を下げた。

「こういう気持ちになったのは初めてで、どうしたらいいのかよくわからなかった。でも、ずっと朝陽のことは追いかけてたよ。朝陽は気づいてなかったかもしれないけど」

「追いかけるというと、最近やけに俺の後ろをついて回っていたことか？」

違う違う、と苦笑して、国吉は思いもよらなかったことを言った。

「大学受験するときだよ。本当は俺、理工学部の物理科が第一志望だったんだ」

「……は？」

「お前が機械工に行くって周りの奴らから聞いて、第一志望変えたんだよ」

「初耳だぞ⁉」

「そりゃ、こんなこと誰にも言ったことなかったから」

しばらく呆然と国吉を眺めてから、朝陽は顔を顰めた。

「いや、でも、お前、今まで何度も俺の告白を受け流してきたよな……？」

この指摘には国吉も声を詰まらせ、朝陽と同じく渋い顔になる。

「はぐらかすような真似をしてきてごめん……。朝陽の気持ちにはだいぶ前から気づいてたんだ、でも……」

「気づいてたのか？」

「気づくよ。朝陽くらいだからね、あんなに熱心に俺を追いかけてきてくれたのは。でも、朝陽とは、できれば恋人同士になりたくなかったから……」

国吉の言葉に耳を傾け、朝陽はゆっくりと瞬きをした。

恋人同士になりたくない、と面と向かって言われてしまった。けれど朝陽は傷つかないし、動揺しない。眉一つ動かさずに頷いただけだ。

「それはそうだろうな。国吉はゲイじゃないんだから」

国吉が異性愛者なのは百も承知だ。わかっていたのにつきまとうような真似をして悪かった、と詫びようとしたら「違う！」と強い口調で否定された。

国吉に強く手を握られ、朝陽は視線を手元に向ける。

先ほどからずっと気になっていたのだが、喋っている最中も国吉はずっと朝陽の手を握ったままだった。小学生でもあるまいし、男同士で何をしているのだといつ指摘すべきか悩んでいたのだが、こんなにも強く握りしめられるとますます指摘がしづらくなる。

朝陽が明後日の方向に思考を飛ばしていることも知らず、国吉はもどかしげに唇を震わせ、違うんだ、ともう一度呟いた。

「問題は、そんなことじゃない。俺はたぶん、まっとうな恋愛ができない。さっきも言っただろう。いつも同じような理由で振られてきた。彼女をほっぽり出して友達同士でワイワイやってしょっちゅう彼女を不機嫌にさせたし、彼女が他の用事や友達を優先してもまったく気にしなかったせいで『本当は私のこと好きじゃないんでしょ』なんてなじられることも山ほどあった。どうしようもなく恋愛下手なんだ……！」

「下手というか……むしろ相手に過干渉しない、いい恋人なんじゃないか？」

「……構ってくれないし、冷たいとも言われた」

「国吉はいつも忙しいからな。次はそういうお前を好きになってくれる相手を探せばいい」

「最初はみんな、そういう俺でいいって言ってくれるんだ。でも実際つき合ってみたらどんどん相手の不満が溜まってきて――……」

国吉は勢いよく顔を上げると「朝陽だって」と切迫した表情を浮かべる。

「恋人になったら、絶対別れ話になる。俺はたぶん何かが欠けてて、だから恋人を満足させられない。相手のことを好きだと思っても、上手く特別扱いできない。優しくもない。だから朝陽とはそういう関係になりたくなかったんだ。友達ならずっと一緒にいられる。幻滅されないで済む」

予想もしていなかった言葉の数々に、朝陽は大きく目を見開いた。

「……そんな理由で俺の告白を流してたのか？」

朝陽の声には驚きが滲むばかりで非難の意は込められていなかったが、国吉は横っ面を張られたような顔をして深く顔を伏せた。

「ごめん。こんな身勝手な理由で傷つけるような真似をして……」

「いや、まあ、あのときは確かに傷ついただろうが、今は別にお前のこともなんとも思っていないし、謝ってもらわなくても大丈夫だ」

国吉が今にも腹を切るなどと言い出しかねないくらい悲愴な顔をしていたので、気にするなと伝えるつもりでそう口にしたのだが、どうやら朝陽の言葉は介錯《かいしゃく》の刃より鋭く国吉に振り下ろされてしまったらしい。

口をつぐんでこちらを見る国吉は、眉も唇もほとんど動いていないのになおわかるほど深く傷ついた顔をしていて、朝陽は慌てて言葉を重ねた。

「お、俺が驚いたのはそこじゃなく、俺が男だからって理由で告白を流していたわけじゃないのかと、そういう話で！」

「……ああ、うん。そこは、あまり問題じゃなかった」

「も、問題ないのか……？　ずっと彼女しかいなかったのに？」

まだショックから立ち直れないのか、国吉は今にも貧血でも起こしそうな顔で頷く。

「これまでつき合ってきた相手は、全員向こうから告白してきてくれた。断らなかったのは、特に断る理由がなかったからだ。恋愛感情は、あまりなかったかもしれない」

過去の彼女たちに聞かれたら殴りかかってこられそうな発言だが、朝陽に国吉を責める筋合いはない。それに朝陽だって星原に告白されたとき、相手を好きかどうかの判断もつかないのに舞い上がって、二人きりでジェルクラのイベントに行こうとしてしまった。嫌いではないからつき合うというのも、あながち珍しい選択ではないのだろう。

「俺にとって特別な存在だったのは、後にも先にも朝陽だけだ」

俯いたまま、国吉が強く朝陽の手を握りしめてくる。

朝陽は国吉を好きにさせたまま、ヘッドボードに身を預けて抑揚乏しく尋ねた。

「国吉は、俺のことが好きなのか？　友情ではなくて？　恋愛感情なのか」

言葉もなく頷く国吉を見て、朝陽は押し殺した溜息をついた。

「せめてもう少し早く言ってくれたら……蝶に心を食われる前の俺だったら、きっと、喜んだと思う」

今は違う、と言外に告げると、国吉の背中がぐっと強張った。顔を見なくとも傷ついた表情をしているのがわかって申し訳ない気分になったが、どれほど丹念に自分の胸を浚《さら》ってみても、もはや国吉に対する恋心は欠片も見出せない。

いくばくかの沈黙と硬直を経て、国吉がゆっくりと顔を上げる。ひどく落ち込んだ顔をしていたらどうしたものかと案じたが、国吉の顔からはすでに苦しげな感情が洗い流され、何かしらの覚悟を決めた表情だけが浮かんでいた。

「俺への恋心は、もう戻ってこなくてもいい。長いこと朝陽の想いを見て見ぬふりしてきた罰だ。でも、他のものを好きだと思う気持ちはなんとか取り戻してもらいたい。虫でも、ゲームでもなんでもいい。でないと朝陽が消耗していくばかりだ」

言いきられて朝陽は目を泳がせる。

確かに最近は、昆虫や国吉に限らずいろいろなことから関心が失せている自覚はあった。何をするにも気力がわかず、食事すらままならないので家族もずっと心配顔だ。

「どうか俺に、朝陽の心を取り戻す協力をさせてほしい」

国吉に深く頭を下げられてしまい、朝陽は弱り顔で国吉の肩を叩いた。

「俺だって、こんな状態が長く続いたら身が持たない。頭を下げるのはこっちの方だ」

協力してほしい、と朝陽が告げると、国吉がガバリと顔を上げた。感極まったような顔で朝陽の手を握りしめた国吉は、そこでようやく朝陽の戸惑った顔に気づいたのか慌てて手を離した。

長くつないだままでいたせいか、国吉の手が離れた途端手の甲がひんやり冷たくなった。寒いような、淋しいような気分になって、朝陽はそっと自分で自分の手を撫でる。

「でも、具体的にどうする。本社から何か有益な情報でも流れてきたのか？」

「……それはまだ、まったく」

ならばもう打つ手もないのではないか。協力を申し出られるまでもなく、すでに国吉は昆虫園につき合ってくれたり、虫の話題を提供してくれたり、毎日欠かさず虫の写真を送ってくれたりしているのだ。そこまでしてもらっても、朝陽の胸に虫を愛でていた頃の感情は戻ってこない。

国吉は腕を組み、苦々しげな表情で溜息をつく。

「ジェルクラは？　試験前は随分熱中してたけど」

「あれももう随分プレイしてないな。ログインすらしてない」

「今からちょっとやってみる？」

国吉が携帯電話を取り出したが、朝陽は気乗りしない顔で首を横に振った。その反応を見て、国吉はますます表情を険しくする。

「まるで底の抜けたバケツみたいだ。蝶に心を食われたあとに好きになったものも、この調子で興味が失せていくのかな」

「この先一生、何かを好きになることはないのかもしれないな……」

朝陽は半分諦めに近い気分で呟く。手の打ちようがない。

国吉も黙り込んでしまったが、しばらくして思い切ったように口を開いた。

「……もう一度、神社の裏山に行ってみよう」

暗闇を飛び交う蝶の姿が脳裏をよぎり、朝陽は思わず眉を顰めた。

「山にはあの蝶がいるだろう？　それとももう山越えしたのか？」

「まだいる。あと一週間くらいで移動を始める頃だと思うけど、実際のところはわからない。だから蝶がいるうちにもう一度山に行ってみよう」

朝陽は無意識に自分の首に手を当てる。首の裏に残っていた痣はすでに消えているが、あれこそ蝶が朝陽の心を食らった何よりの証拠だ。もう一度山に入ってまた心を食われたら、と思うと即答できなかった。

「山に入る前には、きちんと香を焚いていこう。蝶たちはあの匂いを嫌がる」

励ますような声をかけられ、朝陽も首の裏を押さえていた手をそろりと下ろした。

「山に入って、蝶のところに行くのか……？」

「そう。朝陽の心はあの蝶に食われた。あれは生き物というより妖怪に近い。食ったものをきちんと消化するかどうかもわからないんだ。だったら、蝶の中にまだ朝陽の心が残ってるかもしれない」

「だとしても――……」

山の中を飛び回る蝶は何十羽といたはずだ。その中から、朝陽の心を食った蝶をどうやって見つけ出せばいいのだろう。万が一見つけられたとしても、蝶から朝陽の心を奪い返す方法すらわからない。

そう口にしようとしてやめたのは、国吉がひどく苦しそうな顔でこちらを見ていたからだ。朝陽が考えたことなど国吉だってきっと思い至っている。それでももう、他にできることなどないのだろう。

どうにかしたい。手段はない。でもじっとしていることもできない。そんな焦燥が国吉の顔から浮き出ているようだった。

「……行ってみるか」

諸々の懸念を呑み込み、朝陽は国吉の提案に乗ることにした。

自分で言い出しておいて、心配そうな顔で「いいの？」と尋ねてくる国吉に苦笑を返す。

「他に手もないしな。どうする、これから行くか？」

「そりゃ、できれば早い方が……。でも朝陽、具合は？」

「別に熱があるわけでもなんでもないしな。だるくて起き上がるのが億劫なだけだ。国吉が一緒に行ってくれるなら、大丈夫だろう」

軽い気持ちで口にしたら、想像以上に真剣な顔で頷き返された。

「わかった。必ず無事この家まで送り帰す」

山を下りたら一人で家まで帰るつもりだったのだが、国吉は朝陽の自宅まで送り届ける気でいるらしい。「いつからそんなに過保護になったんだ？」とからかってみても、表情を緩めることすらしない。

こんなにも心配されて、こんなにも気遣われている。

（本当に俺のことが好きなのか……）

こちらはもう国吉を好きではないだけに、少々居た堪れない気分だ。国吉の顔を見ていられず視線を逸らしたら、本棚に置かれた国吉とのツーショット写真が目に入った。

あの写真を毎朝眺めていた頃の自分がこの場に居合わせたら、きっと泣くほど喜んだだろう。

そんなことを、まるで他人事のように考えた。

母親が買い物から帰ってくると、朝陽はすぐに「これから国吉の家に行く」と伝えた。

ここのところ外出はおろか自分の部屋からもなかなか出てこなかった朝陽が急に出かけ

ると言い出したので母親は驚いていたが、それ以上にほっとした様子で、今から行くなら夕飯を食べていくよう朝陽と国吉に勧めた。

「簡単なものしか出せないけど、おにぎりとお味噌汁だけでも食べていって。朝陽なんてここのところろくなご飯食べてなかったんだから、途中で倒れても困るでしょう」

時刻は十八時になったところで、夏の空はまだまだ暮れない。光る蝶を観察するなら日が落ちてから山に入った方がいいだろうし、久々の外出で貧血など起こしても困る。母の助言に従うことにして、用意してもらった簡単な夕食を国吉と食べてから家を出た。

国吉の家に着くと、浩一郎が出迎えてくれた。事前に国吉から連絡がいっていたようで、すぐに家の奥へと通される。小さな和室には香炉が用意され、ぴたりと襖《ふすま》を閉め切った部屋で国吉と一緒に煙を浴びた。

「……国吉はいつも、こういう準備をしてから山に入っていたんだな」

準備を整え、裏山の入り口に張られたしめ縄の前に立った朝陽は自身の肩口に鼻を寄せて呟く。服だけでなく、髪にまで甘辛い匂いが染みついているようだ。

「今日は特別念入りにしてる。朝陽は一度蝶に心を食われてるから」

国吉が持ち上げてくれたしめ縄を潜り、朝陽は久しぶりに山道に足を踏み入れた。

すっかり日も落ち、山の中は真っ暗だ。辺りに視線を配ってみるが、光る蝶を見つけることはおろか、他の虫の声すら耳で捉えることができない。葉擦れの音ばかり響く山道を、国吉に先導されてゆっくりと登る。

　山の傾斜はごく緩やかだが、しばらく家にこもっていたせいかすぐに足が重くなった。

「大丈夫？」

　前を歩いていた国吉が振り返って手を差し出してきて、すでに軽く息を乱していた朝陽はなんの躊躇もなくその手を取った。

　まだ山の入り口に近く、境内からわずかに届く光が国吉の顔を照らす。驚いたようなその顔を見て、「なんだ？」と朝陽は眉を上げた。

「……いや、そう簡単に手を取ってもらえると思わなかったから」

「それはどういう……あ、お前まだ何か勘違いしてないか？　恋心が消えただけであって、別にお前のことを嫌いになったわけじゃないんだぞ」

「わかってる。それはわかってるけど、そうじゃなくて……。前の朝陽だったら、もっと照れたり困ったりするんだろうなと思っただけで」

「ん？　そうか？　お前のことが好きだった頃なら、手なんて差し出されたら喜んで握り返してたんじゃないのか？」

　朝陽に背中を向けたまま、違うだろ、と国吉は笑う。

「朝陽は俺の手を取るどころか、俺のシャツの端っこを摑むのすら迷ってたよ」

　そんなことがあっただろうか。国吉と手をつないで歩きながら思い出そうとするが覚えがない。そして気づく。感情を伴わない記憶がどれほど容易く記憶からこぼれ落ちていくのかを。

（蝶に食われる前の感情はもう、残ってないのか）

朝陽はわずかに視線を下ろし、国吉に預けっぱなしだった指先に少しだけ力を入れてみた。ごくわずかな動きだったはずなのに、国吉がぱっとこちらを振り返る。

「きつい？　少し休む？」

伝わってしまった。そう思った瞬間、記憶の底で何かが揺れた。

（そうか、伝わりそうで怖かったんだ）

シャツの裾を握る指の強さから、自分の恋心が国吉に伝わってしまいそうで怖かった。怯えと羞恥。微かな期待。それを塗り潰すほどの諦観。そんなひどく複雑な感情を抱いて、きっと自分は国吉の後ろを歩いていた。もう思い出せないけれど。

「国吉、俺はお前を振ったことになるのかな」

国吉の問い掛けを無視して尋ねれば、肩越しにこちらを見ていた国吉の歩調が乱れた。境内からの光はすでに届かず、おぼろな月明かりだけが光源だ。わかるのは体の輪郭ばかりだったが、闇の中に国吉の感情がにじみ出た気がして、顔が見えなくてよかったと思った。きっと今、国吉はひどく傷ついた顔をしている。

国吉は顔を前に戻すと歩調も戻して「そうだな」とごく小さな声で言った。それから気を取り直したように、口調を明るいものに変える。

「もう俺のことは好きじゃないって言われたし、そうなるな」

「……すまん」

「いいよ。謝らなくていいから、これからも友達でいてほしい」

「そんなの当り前だ！　国吉は友達だ、ずっと」

むしろ国吉が友達でなくなってしまったら淋しいと口早に言い返したら、国吉が俯いて小さく笑った。

「……朝陽はずっと、こんな気分で俺のそばにいてくれたんだな」

足元も見えない山道を歩きながら、国吉は、ごめん、と呟いた。

「朝陽は俺を好きだって言ってくれたのに、きちんと答えなくて本当にごめん。友達のままでいたくて、ごまかしてごめん。恋人になって幻滅されるくらいなら、一生友達としてそばに引き留めておきたかった」

闇の中では、普段口数の少ない人もお喋りになる。お互いの顔がよく見えないから心情を吐露《とろ》しやすいのだろうか。いつも聞き手に回りがちな国吉の言葉も、このときばかりは途切れず続いた。

「勇気を出して告白してくれたのに、なかったことにしてごめん。それでもそばにいてくれてありがとう。俺もずっと朝陽のことが好きだったよ。朝陽がもう俺のことを好きじゃなくなっても、ずっと好きだ。だから」

友達でいてね、と国吉が言う。夜に響いた声は柔らかく、見えずとも国吉が笑みを浮かべているのがわかった。

そうだな。わかった、ありがとう。そう返したいのに、朝陽は声を出すことができない。前触れもなく両目から涙が落ちて、口を開いたら声が裏返ってしまいそうだったからだ。

自分で自分の反応に驚いて、朝陽は頰の上を転げ落ちた涙を慌てて拭った。もう国吉のことを友達以上には思えないのに、新しい涙がぽろぽろと溢れてうろたえる。

記憶は体のどこに残るのだろう。脳細胞、と考えるのが妥当だろうか。でももしかしたら、胸の辺りや指の先、踵に至る細胞の一つ一つが記憶を持っていて、だから国吉への恋心を失ってもこうして涙が出てくるのかもしれない。国吉と手をつないだまま、わけもわからずぼろぼろと涙を流すこの状況を鑑みれば、そちらの方がよほどあり得そうだ。

「く……国吉……」

「ん？　どうした？」

「俺は今、泣いているが……残念ながらお前への恋心を思い出したわけじゃない。ぬか喜びさせたなら悪かった……」

これ以上国吉を傷つけることがないようにと生真面目に自己申告をした朝陽だったが、国吉は落ち込むどころか声を立てて笑った。

「な、なぜ笑う？」

「いや、心を食われようとなんだろうと、その実直で誠実なところは変わらないんだなと思って。良かった、朝陽らしい部分も十分残ってて」

空元気ではなく本当に楽しそうに笑い、国吉はしみじみとした口調で言った。

「長いこと、俺は蝶に心を食われたんだと思ってた。でも、多分違うな。朝陽の豹変ぶりを見てよくわかった。俺の場合はいつももっと心の離れ方が緩やかだから、何事にも夢中になれないのは元来の性格だと思う。考えてみると俺の父さんも多趣味だし、新しいものに次々手を出すくせにどれも長くは続かない」

「国吉一族の性質か。もしかすると、敢えてそういう性格の人間が蝶の世話役に選ばれてきたんじゃないか？　万が一心を食われてもなるべく支障が出ないように」

「ああ……案外そういう理由もあるのかな。鬼退治だの鬼の魂だの、完全におとぎ話だと思って真面目に考えたこともなかった」

やっと普段の調子で国吉と会話ができるようになってきて、朝陽は肩の力を抜く。

「にしても、今日は全く光る蝶に会わないな。ついこの間まではちょっと探せばひらひらとその辺りを飛んでいたのに」

「それは朝陽だから見つけられただけだよ。俺はよっぽど餌箱の近くまで行かない限り蝶を見つけることなんてできなかった。あの頃の朝陽はやっぱり、尋常でなく虫に対する感度が高かったんだと思う」

興味のあるものにはギュッと目の焦点が合うのだろう。人間の体は不思議だ。

「ほら、そろそろ餌箱のある場所だ」

国吉が前方を指さして、朝陽も闇の中に目を凝らした。遠くの木々の間から青白い光が漏れている。あの不思議な蝶を見るのも久しぶりだ。

広場の近くで足を止めた国吉に倣《なら》い、朝陽も木々の間からそっと顔を出して蝶の群れに目をやった。中央に立つ木の周りに青白い光を放つ蝶が飛び交っている。光る蝶が夜の山を飛び回る光景は、何度見ても幻想的だ。

「全部で何羽くらいいるんだろうな……？　百羽は軽く超えていそうだが」

「俺たちも正確な数はわかってない。で、どう？　何か他と違う蝶はいそう？」

「そう言われてもな……特別光っている奴がいるわけでもないし、色が違う奴がいるわけでもなさそうだぞ」

朝陽と国吉は木陰に隠れて蝶を観察する。どの蝶もひらひらと優雅に舞って、餌箱に近づいたり、離れたりを繰り返すばかりだ。

「見た目で朝陽の心を食った蝶を見つけ出すのは難しいか……。蝶に心を食われた本人なら何か見分けがつくんじゃないかと思ったんだけど」

「ご期待に沿えず申し訳ないが、全部同じ蝶にしか見えない」

一縷《いちる》の望みをかけて山の中までやって来たが、徒労で終わりそうだ。

消沈した様子で項垂れる国吉の背を、朝陽は励ますように叩いた。

「何か他の手を考えよう。今日のところは蝶を見物しに来たと思えばいい」

「のんきだな……。自分の心がかかってるっていうのに」

「思い詰めたところで事態が好転するわけでもないしな。見ろ国吉、蝶が動き始めたぞ」

木の枝に吊るされた餌箱に群がっていた蝶が、ゆっくりと横に移動し始めた。一塊になった蝶の周りに、木々の間に潜んでいた蝶たちも吸い寄せられるように集まって来る。

「……何か、様子がおかしい」

木の幹に手をついた国吉が身を乗り出して、朝陽も一緒に目を凝らした。

一か所に集まった蝶たちは歪な球体を形作り、やがてゆっくりと縦に陣形を伸ばし始める。まるで青く燃え立つ火柱だ。焚火の上に生じた上昇気流が火の粉を空高く舞い上げるように、青白い光を放つ蝶が一羽、また一羽と上空に飛んでいく。

「おい、国吉……あの蝶はあんなに高く飛ぶものなのか?」

一番上まで飛んでいった蝶は、星の光と溶け合ってもはや視認することすら難しい。国吉からの返事がないので、おい、と隣に顔を向けると、血の気の失せた顔で空を見上げる横顔が目に飛び込んできた。

国吉はその場に立ち尽くし、色を失った唇を戦慄《わなな》かせる。

「……山越えだ。蝶が移動を始めた」

「え、でも、蝶が移動するのは一週間後ぐらいだと……」

「それはただの予測で、蝶の動きが正確に読めるわけじゃない」

蝶の光が国吉の頬を青白く照らし出し、血の気が引いた顔がますます青ざめて見える。

朝陽は事の重大さが呑み込めず、声を潜めて国吉に尋ねた。

「蝶たちは、次はどの山に行くんだ?」

「わからない。蝶の移動経路は本社の人間しか把握していないんだ。鬼の復活を目論む輩がいないとも限らないから。問い合わせても、教えてはもらえないと思う」

「そ、そうか、そういえばそんな話だったな。だったら、次に蝶がここに来るのは――」

「八年後だ」

八年、と口の中で呟いて、ようやく朝陽ものっぴきならない状況を理解した。

朝陽の心を食った蝶を捕まえるしか心を取り戻す方法がないとしたら、この先八年も朝陽は日常の何にも興味を持てず、無味乾燥に暮らさなければいけないということだ。八年後まで蝶が朝陽の心を持ったままでいる保証もなく、今を逃したらもう二度と蝶に食われた心は戻ってこないかもしれない。

そうこうしている間にも蝶は一羽、また一羽と夜空に消えていってしまう。なすすべもなくその様子を見上げていた国吉が、悲愴な表情で朝陽を振り返った。

その顔を見た瞬間、考えるより先に体が動いていた。

この先ずっと国吉にこんな顔をさせたくない。その一心で朝陽は木々の間に身を滑り込ませ、茂みを掻き分けて広場に飛び出す。背後から響く国吉の静止の声も無視して、火柱のように集まって飛ぶ蝶の群れに駆け寄った。

走りながら必死で蝶に手を伸ばす。どれが自分の感情を吸い上げた蝶なのかはわからないが、取り戻さなければ。これまでのどの瞬間よりも強くそう思った。

自分のためだけではない。国吉のために。

「──返してくれ！」

悲鳴じみた声を上げ、朝陽は蝶の群れの中に飛び込んだ。

ガラスの球が砕け散るように、朝陽に体当たりをされた蝶たちは四方八方へ散り散りに飛んでいく。追いかけても蝶に触れることはできない。確かに指先が届いたと思っても肌に何かが触れた感触は残らず、光が透過するように蝶たちは朝陽の体をすり抜けて次々と夜空に消えていってしまう。

がむしゃらに蝶を追いかけていたら足がもつれ、広場の真ん中で派手に転んだ。

「朝陽！　大丈夫⁉」

駆け寄ってきた国吉に肩を支えられ、朝陽は座り込んだまま夜空を見上げた。

外灯のない山の中では、いつもより星の瞬きが大きく見える。蝶たちは星と星の間を縫うように飛んで、最後は夜空の一番深い所に吸い込まれるように消えてしまった。

瞬きも忘れて頭上を見ていたら星空が歪んで、目の縁から決壊を起こしたように涙が溢れてきた。国吉がそっと朝陽の背中に手を添えてくれて、その優しい仕草に意味もわからずまた泣けてくる。

涙の理由はなんだろう。嗚咽を噛み殺しながら朝陽は考える。悲しいよりも、遣る瀬無い気持ちが強い。失った感情を思い出すこともできないくせに、何かとても大切なものを手放してしまったことだけはわかって声を殺して泣いた。

国吉も何も言わずに背中をさすり続けてくれる。温かい掌がそっと朝陽の背中を叩き、慰めるように肩に置かれた、そのときだった。

「……っ、ぐっ！」

首裏に、骨に響くような鈍い痛みが走って朝陽は息を呑む。

「朝陽？　どうしたの？」

「い……、や、なんだか、首が……っ」

まるで寝違えたときのような痛み方だ。手を上げて首の裏を押さえようとしたが、わずかな動きも首に響いて低く呻くことしかできない。

それでもゆっくりゆっくり腕を上げ、俯いたとき骨が浮き出る場所に触れてみる。探るように指を動かしていたら、皮膚の下で何かが蠢《うごめ》いて朝陽は悲鳴を上げた。

「く……っ、首……！」

首がどうしたと慌てふためく国吉の前で、朝陽は俯いて首の裏を指さした。

「痛むの？　急にどう――……」

朝陽の首を覗き込んだ国吉の声が唐突に途切れた。

突然の沈黙に不安を煽られ、朝陽は痛みをこらえて国吉を振り返る。木々を切り拓いた広場には月明かりが差し込み、山中を歩いていたときとは違い国吉の顔がよく見えた。

国吉は唇をわずかに開き、瞬きも惜しんで朝陽の首を凝視していた。と思ったら、何かとんでもないものでも目の当たりにしたようにひゅっと喉を鳴らす。

「国吉！　ど、どうなってるんだ、俺の首は！」

焦れて声を荒らげると、ようやく国吉が口を開いた。

「朝陽の、首の裏……痣のあった場所から、何か出てきてる……」

「な、何か……？　なんだ？」

国吉は朝陽の顔と首の裏へ何度も視線を行き来させ、思い切ったように口を開いた。

「たぶん……虫だ。蝶々だと思う」

「……首の裏に、蝶がいるのか？」

「違う、項から、蝶が出てきてる」

朝陽は怪訝な表情で国吉を見詰め返す。意味がわからない。しかしその言葉を口にした

国吉本人が、一番混乱したような顔をしている。

「見えないから信じられないと思うけど、本当に蝶が出てきてる。蛹の中から出てくるみたいに。羽化してるんだ」

「まさか――……」

「俺も、信じられない。皮膚が裂けてる感じはしないし、肌に傷もついていないみたいなのに、ど、どこから出てきてるんだ……?」

朝陽も首の奥に痛みは感じるが、皮膚に何かが触れる感触はない。先程蝶の群れに飛び込んだとき、蝶たちは立体投影された映像のように朝陽の体をすり抜けていったが、あれと同じようなことが起きているのか。

「あ、全部出た、やっぱり蝶だ。翅を広げてる。……だんだん光ってきた」

自分の項を見ることができない朝陽の代わりに国吉が実況を続ける。

じっとしているうちに首の痛みも和らいできて、朝陽は恐る恐る背後を振り返った。

「飛んだ……!」

首の裏に微かな風を感じて、朝陽は大きく首をねじる。

目に飛び込んできたのは、夜空に向かって大きく羽ばたく青白い蝶だ。

「……あれが、俺の体から出てきた蝶か?」

「そう、出てきた瞬間は翅が濡れてたのに、あっという間に乾いてあの状態に」

「通常なら、羽化した蝶の翅が完全に乾くまでに数時間かかるはずだぞ」

「人間の体から出てきた蝶に通常を当てはめるのは無理があるんじゃないかな……」

朝陽と国吉が喋っている間も蝶はぐんぐんと飛翔して、最後は他の蝶たちと同じく星空の中に溶けて消えてしまった。

「……あれが、俺の体から？」

「出てきた、確かに」

「俺の体内で孵化《ふか》して、蛹の状態まで成長して、最後に羽化して出てきたということか？だとしたら、首の裏に残っていた痣は口吻を突き立てられた痕ではなくて、産卵管を突き立てられた痕ということになるな……？」

あまりにも現実味のない話で、こうして喋っていても信じられない。二人して地面に膝をついたまま、しばらくぼんやり空を見上げる。

満天の星空に、蝶の姿はすでにない。長いこと濃紺の夜空を眺めていた朝陽は、ふと耳を掠めた異音に気づいて辺りを見回した。

山全体を包む葉擦れの音に、何か別の音が交じっている。ジーッ、とも、ギーッ、とも、ビーッ、ともつかない微かな音だ。規則正しい機械音にも似ている。

耳を澄ませばまた別の音がした。シリリリリ、と小さな石が擦れ合うように続くあの音はなんだ。ルリリ、ルリリ、と高く響くあの音は。

ラジオのチューニングが急にぴたりと合ったように、それまで意識の端にも上らなかった音が朝陽の耳に洪水のように流れ込んでくる。木々の音よりなお鮮明に耳に飛び込んでくるこれは、山に潜む虫たちの声か。

一度認識すれば虫の声がひとつひとつはっきりと聞きわけられるようになった。あれはホシササキリ、あれはヤブキリ、あれはクサヒバリ。

声だけでわかる。山の中にたくさんの虫がいる。そう思った瞬間、背筋の産毛が一斉に立ち上がり、あっと朝陽は声を上げてしまった。

「どうしたの、まだ首が痛む？」

国吉が慌てたように朝陽の顔を覗き込んでくる。

至近距離で国吉と目が合って、朝陽は鋭く息を呑んだ。山に入る前からずっと国吉は隣にいたのに、今日初めてその顔を真正面から見た気分になって声が上ずる。

「い、や、首は、もう、すっかり、平気だ」

「そのわりに喋り方が変だけど、何か無理してるんじゃ……？」

心底こちらを案じる顔で、国吉がそっと朝陽の頬に手を添える。

ひ、と短い声を上げ、朝陽は慌てて国吉から顔を背けた。

国吉との距離が近い。視線を向けられるとじわじわと体温が上昇していく。

（な、な、なんだ、これは……⁉）

直前まで国吉と隣り合っていても何を思うこともなかったのに。それどころか、山道を登る間ずっと国吉と手をつないでいたというのに。

そうだ、手なんてつないでいたのになぜ自分はああも平然としていられたのだろう。今さらのように心臓が暴れだし、朝陽はシャツの上から胸の辺りを握りしめた。

カラカラに干からびていた枯れ井戸のような胸の底から、滾々《こんこん》と湧き出してくるものがある。それはあっという間に水位を増して喉元までせり上がり、朝陽は波間で溺れる人のように顎を反らした。

「く……国吉、さっきの蝶が俺の体の中で孵化したとして、羽化するまで、ずっと俺の中にいたんだよな？　その間の養分は、なんだ？」

血や肉だろうか。寄生虫ならその可能性もある。だが、あの蝶が触れることも覚束ない実体のないものだったことを考えると、そんな物質的なものではない気がする。

しばしの沈黙の後、国吉がゆっくりと目を見開いた。

「……もしかして羽化するまで蝶が養分にしていたのは、朝陽の感情？」

思案気な顔から驚きの表情へと、万華鏡のように目まぐるしく変化する国吉の表情に朝陽は目を奪われる。微かな眉の上げ下げ、唇の動き、上下する睫毛の動きは繊細で、頭上の夜空よりなお黒い瞳がこちらを向くと息が止まりそうになった。

こんなにも美しくて素晴らしいものを、どうして自分は長いこと見逃していたのだろう。

朝陽は国吉の顔を一心に見上げ、唇を震わせて訴える。

「たぶん、感情は、湧き水みたいにずっと体の奥からしみだしてくるんだ。それを蝶に吸われ続けていたから、どんな虫を見ても興味がわかなかったし、お前のそばにいても何も感じなかった。でももう、蝶は飛んでいって俺の中にはいない。いないから……」

国吉がこちらを見ていると思ったら、心臓がうるさいくらいに高鳴って声が震えた。

国吉と視線を合わせていると息苦しくなるくらいドキドキすることを久方ぶりに思い出した。目の前にいる国吉から目を離せない。心拍数も体温も、国吉の視線一つで簡単に乱れてしまうかつての自分が戻ってくる。

そうだ、自分はこんなにも国吉のことが好きで、心臓が焼き切れるくらいに好きで、何度も何度も諦めようとして、でも諦められなくて、真夜中に恨み言を吐き、翌朝に国吉の写真を見てやっぱり好きだと思い直して、毎日毎日恋をするような、それくらい国吉のことが好きで、好きで、どうしようもなかったのだ。

せき止められていた想いが奔流のように溢れてくる。その勢いが激しすぎて、朝陽は自分の気持ちを言葉にすることができない。

「国吉……」

苦しい声で国吉を呼ぶ。国吉が、真剣な顔で朝陽の視線を受け止める。

山を登っているときは意識にも上らなかった虫の声が辺りを包む。それに負けないくらい大きな心臓の音が周囲の音を掻き消して、朝陽は涙目で国吉に腕を伸ばした。

「国吉、好きだ……！」

もうずっと諦めようとして諦めきれなかった。なかったことにしようとしたし、一度は失われたはずだったのに、この恋心はしぶとい。

蛹のように固く沈黙していた想いが息を吹き返して、柔らかく真っ白なそれを胸の底に押し込めておくことができない。羽化したばかりの蝶が濡れた翅を広げるため木の枝を摑むように、朝陽は国吉の腕にしがみついて叫んだ。

「好きだ！」

他にどんな言葉も出てこなかった。驚き一色に染まる国吉の顔を見上げ、朝陽は何度も同じ言葉を繰り返す。

どうして国吉のことを諦められるなんて思えたのか、今となってはわからない。

自分はきっと大学を卒業しても、国吉が結婚しても、結婚式の二次会に出席して国吉と新婦がタクシーに乗り込む姿を見送ってもなお、国吉のことを諦められない。蝶に想いを吸い上げられる前の自分はそんな本心から必死で目を逸らし続けていたのだと思い知る。

もう二度と手放すまいと必死で国吉の腕にしがみつけば、肌に朝陽の指が食い込む痛みで我に返ったのか、国吉の目元が動いてゆっくりと表情が変化した。

国吉の眉がきつく寄り、口元が歪んで、今にも泣き出しそうな顔で国吉は口を開いた。

「俺もだ……！」

言うが早いか、国吉はがむしゃらに腕を伸ばして朝陽を胸に抱き寄せてきた。

国吉の腕の中、朝陽は言葉もなく唇を震わせる。国吉の肩からは、山に入る前に焚き染めた香の匂いがした。シャツは汗でわずかに湿っていて、肩が小さく震えている。

「朝陽、好きだ。ずっとはぐらかしてばかりで、本当にごめん」

山を登りながら同じ言葉をかけられたときは平然と相槌を打つことができたのに、今度はまるで耐え切れず、朝陽は国吉の腕の中でわっと声を上げて泣いた。

謝ってくれなくていい。報われないと思っていた想いをこうして国吉に受け止めてもらえたのだ。そう伝えたいのに、声は嗚咽に呑まれて言葉にならない。

胸の内側はもちろん、指の先まで国吉を好きだと想う気持ちでいっぱいで、朝陽は国吉の胸にしがみついて気が済むまでわんわんと泣き続けた。


泣きすぎてはれた目を左手でこすり、もう一方の手はしっかりと国吉とつないで山を下りると、朝陽たちはすぐに国吉の両親に事の次第を報告した。

朝陽の体から蝶が羽化したという事実は国吉の両親にも衝撃を与えたらしい。蝶が移動したことも含めてすぐ本社に電話で報告していたようだが、電話の相手もかなり動揺している様子で、最終的には国吉の両親が直々に本社へ出向いて説明をすることとなった。

「参ったよ、本社の人たちはすぐに来いの一点張りでね。本当なら朝陽君を連れて行きたいところなんだけど……その様子じゃちょっと難しそうだから」

部屋着からスーツに着替えた浩一郎は、泣きはらした顔で国吉に凭れてなんとか座っている朝陽を見て気遣わしげな顔をする。山の中で急に感情を爆発させたせいで恐ろしく体力を消耗していた朝陽は、力なく頷くのが精いっぱいだ。

「本社へは新幹線で行くことになるから、今日中に帰ってくるのはちょっと難しいかな。良かったら朝陽君、うちに泊まってくれて構わないよ。むしろそうしてくれるとありがたい。電話で本社の人間に説明してもらわなくちゃいけないことも出てくるだろうし」

申し訳ないけれど、と浩一郎が頭を下げる。国吉の母親は朝陽を心配して「私は残りましょうか？」と申し出てくれたが、国吉に「俺が面倒見るから」と断られていた。朝陽は国吉家の会話に口を挟む余力もなく、ぼんやり瞬きを繰り返すばかりだ。

少し休んで体力が回復すると、朝陽も自宅に電話を入れて国吉の家に泊まることを母親に伝えた。電話口の母親は驚いた様子だったが、ずっと引きこもっていた朝陽が外に出るのはいい傾向だと判断したのだろう。国吉の家の迷惑にならないようにとだけ釘を刺し、あっさりと了承してくれた。

国吉の両親が出かけた後、泣きすぎて涙で顔がガビガビになっている朝陽に国吉が風呂を勧めてくれた。お言葉に甘え、ふらつきながらも風呂を借り、さっぱりして浴室から出れば、脱衣所に新品の下着と着替えが置かれていたのでありがたく袖を通した。

風呂から上がった朝陽を自室に通した国吉は、朝陽の体調に変化がないか心配しきりで自分は風呂にも入ろうとしなかったが、朝陽に「大丈夫だから行ってこい」と背中を押され、後ろ髪を引かれるような顔で部屋を出ていった。

部屋に残された朝陽は、ようやく一息ついて室内を見回す。

国吉の家は純和風家屋だ。この部屋も和室だったのだろうが、畳の上にカーペットを敷き、ベッドと黒いワークデスクを置いているので洋室のように見える。押し入れの襖紙も黒く張り替えられていて、未だに小学生の頃に使っていた学習机など置いている朝陽の部屋と比べると相当にスタイリッシュだ。

机の上には大学の教科書の他、図書館から借りてきたらしき本も積まれている。本のタイトルは、『昆虫雑学～今日から君も虫博士～』、『昆虫の不思議』、『びっくり昆虫大図鑑』など、虫にまつわるものばかりだ。国吉が読んでいるのだろうかと首を傾げていたら、シャツとスウェットに着替えた国吉が部屋に戻ってきた。

あまりに早い戻りに、思わず時計を見上げてしまった。国吉が部屋を出てからまだ十五分程度しか経っていない。よほど急いでいたのか、スポーツドリンクの入ったペットボトルを二本持った国吉の髪はまだ湿っている。珍しい濡れ髪の国吉にどぎまぎして、朝陽は慌てて国吉から目を逸らした。

国吉は朝陽にペットボトルを手渡すと、傍らのベッドに腰を下ろして朝陽を見上げた。自分の隣を軽く叩いたのは、座れということだろう。他に場所もなかったので、朝陽もおずおずとベッドに腰を下ろした。

ベッドの軋む音がやけに大きく部屋に響いて、ごくりと唾を飲んでしまった。告白をした直後で、しかも家には朝陽と国吉の二人だけだ。なんだかやけに緊張した。

国吉も落ち着かなげにペットボトルの蓋を開けて中身を呷《あお》っている。張り出した喉が上下する様を見ているだけでドキドキして、朝陽は慌てて机に視線を向けた。

「あの、あの本、借りてきたのか？　お前にしては珍しいラインナップだな」

机に積まれた昆虫関連の本を指さすと、国吉の顔に照れくさそうな笑みが浮かんだ。

「虫の雑学でも仕込んだら朝陽の気を引けないかと思って」

「そ、そんなことのために……？」

国吉は甘さを含ませた目で朝陽を見て、「必死だったんだ」と笑う。

今までは朝陽ばかり国吉を追いかけている気がしていたのに、国吉も自分を振り向かせようとしていたのか。嬉しくて口元がむずむずする。国吉の眼差しを受け止めた頬も燃えるように熱くなり、朝陽は乱暴に頬を拭った。

「な、何か面白い雑学はあったか？」

国吉はなおも朝陽の横顔に視線を注ぎながら、そうだなぁ、と首を傾げる。

「セミの腹は空洞だった、とか」

なんとも甘酸っぱい空気に慣れず、しどろもどろになっていた朝陽だが、昆虫の話題が出た途端態度が変わった。それまでの恥じらいが嘘のように勢いよく国吉を振り仰いで「オスだけな！」と声を大きくする。

「さすが、知ってたか。メスの腹は空っぽじゃない？」

「メスには卵巣や産卵管があるからな。他には？　何かないのか？」

わくわくと身を乗り出す朝陽を見て、国吉は目を細める。

「巣の中で農作業をするアリがいる、とか」

「ハキリアリだな！　それなら昆虫園に見に行ったことがあるぞ。木の葉を巣に敷いて菌類を栽培するんだ。女王アリが死んだ後の巣の展示も見たことがあるが、新しい卵が生まれず巣全体が緩やかに滅亡していく様子がなんとも物悲しくてな。あのときは完全に巣が崩壊するまでほとんど毎日昆虫園に通い詰めて――」

言葉の途中で、ゴトンと鈍い音がした。国吉が持っていたペットボトルが床に落ちたのだろう。そちらに目を向ける間もなく、国吉に力いっぱい抱きしめられた。

驚きすぎて声も出ない朝陽の耳元で、国吉は呻くように呟いた。

「……よかった、朝陽だ」

虫の話題のおかげでせっかくいつもの調子が戻っていたのに、国吉に抱きしめられて平常心など吹っ飛んだ。背中に回された国吉の腕から伝わってくる体温が熱い。胸の奥で大暴れする心臓の拍動が背中に伝わり、声まで震えそうで何も喋れない。

国吉は朝陽を抱きしめたまま、肺の中の空気を吐き尽くすような深い溜息をついた。

「この数週間、虫に見向きもしない朝陽は本当に別人みたいで……淋しかった」

「そ、そうか……？　でも、国吉以外の相手とは普通に会話ができてた気がするぞ。普段は隙あらば虫の話ばかりして、会話が脱線することもしょっちゅうだったから……」

「でも俺は、そうやって一生懸命好きなことを喋ってる朝陽が好きだよ」

国吉が朝陽の髪に頬ずりしてきて、ぶわっと体温が上昇した。

晴れて国吉と両想いになったはいいが、片想いの時間が長すぎてまだ実感が湧かない。うろたえて返事もできずにいたら、国吉が朝陽を抱く腕を緩めて両手で朝陽の頬を包んできた。

なんの心構えもなく国吉の顔を見上げた朝陽は息を呑む。こちらを見る国吉の顔が、驚くほどに赤かったからだ。頬や目の周りだけでなく、鼻先まで赤い。

「朝陽、好きだ」

もう何度目になるかわからない告白なのに、国吉は緊張と興奮が入り混じった顔をしていた。少しでも朝陽の視線が泳ぐと、引き留めるように目の下を撫でられる。

「俺は優先順位をつけるのが下手だから、お前をがっかりさせることもあるかもしれない。

でも、そういうときは我慢しないで言ってほしい。朝陽に嫌な思いをさせたくない。幻滅されても仕方がないけど、どうにか挽回したいんだ」

口調は懇願に近い。国吉がこんなにも熱烈に自分を求めているなんて信じられず、朝陽はのぼせたような気分で答えた。

「一応、抗議はするが……別に、俺のために行動を変えなくていい」

「でも」

「お前がカマキリのような男だってことくらい、こっちは承知してるんだ」

カマキリ？　と国吉が怪訝そうに眉を寄せる。

国吉は目の前で動くものにだけ興味を示し、一度視界から外れれば見向きもしない。それを淋しいと思ったこともあるが、たとえ国吉が自分以外の誰かと楽しそうに話し込んでいたとしても、国吉の笑顔なら朝陽は飽きずに眺めていることができる。

たどたどしい口調でカマキリの生態を告げていたら少しだけ気持ちが落ち着いてきて、朝陽は一つ深呼吸してから国吉に告げた。

「承知の上でお前のことを好きになったんだ。だから国吉は、そのままでいい」

朝陽は昆虫が好きだが、昆虫に懐いてもらおうと思ったことは一度もない。ただその姿が美しく、行動が興味深く、いかんともしがたく朝陽の興味を引くからずっと見詰め続けてきただけだ。

「お前はただ、健やかでいてくれ」

朝陽の言葉に国吉は目を丸くして、しばし思案顔で沈黙した後、最後は脱力したように苦笑を漏らした。

「俺は虫じゃなくて人間なんだ。せっかく言葉も通じるんだし、もう少しいろいろ望んでくれていいんじゃないかな」

「いや、もう、お前がこっちを見てるだけで俺は――」

満足だ、と言い切る前に唇をふさがれていた。

唇に押し当てられた柔らかなそれがなんなのかわからず朝陽は目を瞬かせる。目を見開いているうちに唇をふさいでいたものは離れ、国吉の顔も遠ざかった。

こちらを見る国吉の目に柔らかな笑みが浮かんで、ようやくキスをされたのだと理解した。声も出ず、眦《まなじり》が切れるほど大きく目を見開く朝陽を見て、国吉は愛しげに笑う。

「嫌だったら言って。虫と違って意思の疎通はできるんだから」

「えっ、お、あっ、い、い……っ⁉」

気が動転して母音しか口にできなくなってしまった。上手く返事ができないうちに今度は頰にキスをされる。嫌？　と耳元で囁かれ、朝陽はぎゅっと目を閉じた。

「い……嫌、では、なかっ……」

言葉尻を奪うようにまた唇にキスをされた。慌てて瞼を開けば目の前で国吉が笑いをこらえるような顔をしている。色ごとに全く慣れていない朝陽はどんな態度を取ればいいかわからず、とりあえず無言で国吉の肩を殴った。

「痛い」

「お、お前が、断りもなく、あんな……っ」

「ごめん。もう一回していい？」

改めて断りを入れられるのも恥ずかしい。自分で自分の発言を後悔したが、国吉が返事を待っている。朝陽は顔中赤くして、無言で小さく頷いた。

国吉は心底嬉しそうに目を細め、再び朝陽に顔を寄せてくる。朝陽も今度はちゃんと目を閉じた。キスの作法は知らないが、こういうときは目を閉じるのが礼儀だろう。

唇が重なり合う。今度はそれだけで終わらず、唇にそっと舌を這わされてびくりと肩を震わせた。誰かとつき合った経験もなく、キスもこれが初めての朝陽はどうしていいかわからなかったが、唇の隙間を舌先で辿られ、そこを開くよう促されているのをぼんやり察して、おっかなびっくり口を開いた。

「ん……っ、ぅ……」

唇の隙間から国吉の舌が忍び込んできて、朝陽は国吉のシャツを握りしめた。

国吉は片手を朝陽の背中に回し、宥めるようにゆっくりと背中をさする。優しい手つきと同じくらい、朝陽の口の中を探る舌もゆったりとした動きだ。

敏感な上あごを舌先で辿られ、戸惑って縮こまる舌を絡め取られて、ときどき背中を撫でられる。大きな掌から伝わってくる体温に少しだけ緊張がほぐれ、唇が緩んだところでますます深く舌が押し入ってきた。

「ん、ん……ぅ……」

柔らかな舌がもつれあう。唇の隙間から漏れる息が熱い。途中、国吉がきつく朝陽を抱きしめてきて、体だけでなく心臓まで痛くなった。

少し前まで国吉のシャツの端を摑むことすらできなかったのに、こうして国吉の大きな体にすっぽりと包み込まれているのが信じられない。キスに翻弄されるうちに体の力が抜けて、背中を支える国吉の腕に身を預けたらそのまま後ろに押し倒された。

背中からベッドに倒れ込んだ朝陽に国吉がのしかかる。顔中に次々とキスが降ってきて、目を開けることすらできない。

頬に、瞼に、唇に落ちてくる国吉の唇を夢心地で受け止めていたら、ふいに下腹部に硬いものを押しつけられて「ひぇ」と裏返った声を上げてしまった。驚いて目を見開くと、目の前で国吉に悪戯《いたずら》っぽく笑われる。

「勃ってる」

ひそひそと耳元で囁かれ、朝陽は耳の際まで赤くした。

キスだけで朝陽の性器はすでに硬くなっている。けれど、腰を押しつけてくる国吉だって同じくらいに中心を昂《たかぶ》らせていて、恥ずかしい以上に胸がいっぱいになった。その気持ちを言葉にしようと思うのに、国吉が朝陽の脚の間に身を割り込ませてゆるゆると腰を揺すってくるので、朝陽の唇からは短い声しか出てこない。

「あ、あ……っ」

布越しに互いの性器がこすれ合う。もどかしいぐらいの刺激だけれど、首筋に顔を埋めた国吉の息が熱くて、そんなものに煽られて朝陽の腰も揺れてしまう。

「あっ、や、やだ、国吉……っ」

「なんで、気持ちよくない？」

吐息を含ませた国吉の声は艶を帯び、朝陽は固く手を握りしめた。

「い、いい、が……っ、借りた服が汚れる……！」

さすがにそれは申し訳ないと真っ赤な顔で叫ぶと、国吉が弾けるように笑った。

「いいよ。父さんたちが帰ってくるまでに洗っておくから」

「そういう問題じゃない……！　やめ……、や、あ、あ……っ！」

国吉がさらに腰を密着させてきて、刺激がいっそう強くなった。服の上からでも国吉の中心が硬く張り詰めているのがわかって、朝陽の胸は羞恥と歓喜でもみくちゃになる。

「や、や……、国吉……っ、やだぁ……っ」

涙目で訴える朝陽を見て、国吉は可愛くてしかたないと言わんばかりに眉尻を下げて笑った。

「わかった、汚れなければいい？」

言いながら、国吉が朝陽のスウェットを下着ごと引き下ろす。朝陽はぎょっとして止めようとしたが、国吉はやたらと手際がいい。

「ほら、足抜いて。腕も上げて」

朝陽が国吉の言葉に抗えないのは昔からだ。てきぱきと指示をされるとうっかり従ってしまう。半分は自ら手を貸し全裸になって、朝陽はハッと両手で体を隠した。

「な、なっ、なんで俺だけ!?」

「ん？　俺も脱げば問題ない？」

言うが早いか、国吉は自分も服を脱ぎ捨ててベッドの下に放り投げてしまう。

国吉の裸体なんて修学旅行の大浴場で見て以来だ。あのときは照れくさくてまじまじ見ることもできなかったが、改めて見ると記憶よりずっと胸が広い。肩回りもがっしりして、滑らかに筋肉のついたシルエットはやっぱりオオクワガタに似て美しい、などと思っていたら、二本の角で挟まれるようにきつく抱きしめられていた。

素肌から直接国吉の体温が伝わってきて、全身の血がいっぺんに熱くなる。国吉の首筋からは甘い肌の匂いがして、くらくらと眩暈《めまい》を起こしそうだ。

「あ、あ……、ぁ……っ」

ただ抱きしめられただけでも蕩《とろ》けそうだったのに、再び国吉が腰を揺すってきて、滴るような声がこぼれた。互いの下肢がこすれ合う感触に肌が粟立つ。遮るもののなくなったそれは硬く反り返って、ひどく熱かった。

どちらのものともわからない先走りが溢れ、腹の間で粘着質な水音が響く。恥ずかしいが、それ以上に気持ちよくて、朝陽もたどたどしく腰を揺らした。

ときどき耳元を国吉の熱い息が掠め、その荒い息遣いから興奮が伝わってきて胸が熱くなる。しばらくはぬるま湯につかるような快感に浸っていたが、そのうち国吉が焦れたように喉を鳴らして、互いの性器をひとまとめに摑んできた。

「あっ、や、国吉……っ」

突然の強い刺激に恐れをなし、国吉の肩にしがみつく。国吉は宥めるように朝陽の髪や額に唇を落とすものの、キスの優しさに反して屹立を扱く手は随分と荒っぽい。根元から先端まで余すところなく掌で扱かれて喉を震わせる。国吉の手だと思ったら、あっという間に追い上げられた。

「あっ、だ、だめ、だめだ国吉、や、や……ぁ……っ」

今にも達してしまいそうでひどく動揺しているのに、快感のせいで制止の声は甘ったるく溶けてしまう。我ながら本気で嫌がっているようには聞こえない。それは国吉の耳にも正しく伝わり、こちらを覗き込む国吉の目がとろりと緩んだ。

見たこともない国吉の甘い眼差しに心臓を串刺しにされる。展翅板に釘づけにされた蝶の気分だ。先走りをこぼす先端を指先でやわやわと刺激されて息を詰めながらも、国吉から目を逸らすことができない。

短く速い息を吐く朝陽の唇に、国吉が軽く触れるだけのキスをする。

互いの唇を触れ合わせたまま、国吉がひそやかに囁いた。

「朝陽」

吐息の交じる声で名前を呼ばれた。それだけなのに、朝陽の腰がびくりと跳ねた。

こんな声で名前を呼ばれたのは初めてだ。言葉ではなく、声からも愛しさが伝わってきて、腹の底から歓喜が噴き上がる。こらえきれない。

「あ、あっ、あぁ……っ！」

緩急をつけて扱かれ、朝陽は国吉にきつくしがみついた。大きな手に導かれるまま絶頂に駆け上がり、その手に飛沫を叩きつける。

「あ、ん、んぅ……っ」

荒い息を吐く唇を国吉が噛みつくようなキスでふさいできて、その興奮しきった様子にまた体が熱くなった。息苦しいより、陶酔感で頭の芯が痺れそうだ。

間を置かず国吉も達したらしく、朝陽の上で小さく身を震わせた。

「は……っ、は……、ぁ……」

ようやくキスから解放されて肩で息をしていたら、国吉が朝陽の顔の横に手をついてこちらを覗き込んできた。その顔を見上げ、朝陽は掠れた声で呟く。

「……言語を伴わなくとも、虫の鳴き声が求愛表現になる理由が、よくわかった」

脈絡のない言葉に、さすがの国吉も面食らったような顔をする。どういう意味だと目顔で問われ、朝陽はぼそぼそと口の中で呟いた。

「俺を呼ぶ国吉の声が、虫の声みたいだったから……」

朝陽に覆いかぶさったまま国吉は目を瞬かせ、次の瞬間耐え切れなくなった様子で笑い崩れた。笑いながら互いに放ったものの後始末をして、再びベッドに倒れ込みぎゅうぎゅうと朝陽を抱きしめてくる。

「朝陽が相変わらずで、俺は嬉しい」

「そ、そうか？」

「嬉しいよ。……本当に嬉しい」

笑い交じりだった国吉の声が、急に真剣みを帯びた。

ただならぬ雰囲気を感じて、どうした、と朝陽は国吉の背中をさするが、返事がない。国吉は無言のまま、子供がぬいぐるみにしがみつくような仕草で朝陽の髪に頬ずりをする。くすぐったさに肩を竦めると、今度は頬や瞼や鼻先にキスをされた。

「ん……、ちょ、国吉……？　ん、ぅ……」

唇を柔く噛まれたと思ったら、深く唇が重なって言葉を奪われた。キスがほどけて大きく息を吸いこんでも、またすぐ追いかけられて唇をふさがれる。腕の中に朝陽を閉じ込めようとする国吉の体はまだ十分に熱くて、一度達したはずのそれも硬さを保ったままだ。

ようやく朝陽をキスから解放すると、国吉は互いの額を押しつけて苦しげな息を吐いた。

「……朝陽が俺のことを見なくなったとき、死ぬほど後悔した」

苦々しく顔を歪める国吉の頬に指を伸ばすと、その手を摑まれ掌に唇を押しつけられた。

「朝陽が俺から離れるわけがないって、心のどこかで思い上がってたんだ。傲慢もいいところだった。見向きもされなくなって初めて気づくなんてどうかしてる」

「傲慢というか……お前はむしろ、俺にしつこくつきまとわれていた被害者のようなものだろう。及川たちが不憫《ふびん》がってたぞ」

それを寛容な心で許してくれていたのだから朝陽としては感謝の念しかなかったが、国吉は今回の一件で何やら心を入れ替えたらしい。これまで見たことがなかったくらい熱を込めた視線を朝陽に注いでくる。

「もう絶対に手放したくない。全部ほしい。この数週間、朝陽を振り向かせることばっかり考えてた。こんなに誰かに執着したのは初めてだ」

こちらを見る国吉の目はぎらぎらしていて、心臓が痛いくらいに高鳴った。ずっとこっちを見ていてくれればいいのにと焦がれるように思っていた国吉の目が、今は自分だけを見ている。再びのしかかってきた国吉の焦れた顔を見上げ、朝陽は熱っぽい息を吐いた。

「……国吉、もっと」

朝陽はこの手の知識に疎いので、これ以上何をどうするのか具体的に想像がついたわけではない。けれど、国吉がいかにも物足りなそうな顔をしているのを見たら、もっと触れたいと思った。

国吉は目を見開いて、「いいの」と掠れた声で問う。

「たぶん、朝陽が思ってるより凄いことするよ」

「そうか……。想像もつかないが、してほしい。もっと」

この先があるならもっと。国吉の望む通りに。好きにされたい。国吉が他に目移りできなくなるくらい。

朝陽は両手で国吉の頬を包んで、蕩けるように笑った。

「お前も俺に夢中になってくれ」

国吉はますます目を丸くして、全面降伏したように眉尻を下げて笑った。

「……もうとっくに夢中だよ」

朝陽は満足しきった顔で国吉に手足を絡ませる。何をするのかはよくわからないが、相手は国吉だ。どうにかなるだろうと全面的な信頼を寄せていた朝陽だが、国吉がベッドにワセリンを持ち込んだときは目を瞠《みは》った。

国吉は毎朝神社の掃除をしているそうで、冬場は手荒れがひどいらしい。それでワセリンを常備しているそうだ。

用途を教えられたときは若干怯んだが、国吉が「やめておく？」と優しく引き下がろうとしたので、逆にやる気に火がついた。「俺ならできる！」と力いっぱい宣言したときは、ムードがない、と国吉に笑われてしまったが、まだ国吉と離れたくなかった。

しかしさすがに性急過ぎたかと、今になって朝陽は思わざるを得ない。

「あ、あ……っ、あっ」

室内に途切れ途切れに響く自分の声を、朝陽は他人のそれのように聞いている。横向きにベッドに寝転がり、後ろから国吉に抱きしめられて、胸の前に回された国吉の腕に縋りつくようにして延々と続く責め苦に耐えながら。

「苦しい？」

耳の裏で国吉に囁かれ、体の内側に埋められた国吉の指を無意識に締めつける。硬い指の感触に、腰の奥がぞわぞわと落ち着かない。

ワセリンをたっぷり使っているおかげでさほど痛みはないが、体の内側を撫でられる感触にどうしても慣れなかった。奥を突かれると妙な声が出てしまうのも恥ずかしく、朝陽はカリカリと国吉の腕を引っ掻いた。

「も、もういい……！　一思いにやってくれ……っ」

国吉は小さく笑って、朝陽の髪にキスをする。

「無理しないで、今日はここでやめにしても……」

「嫌だ、俺ならできる……！」

「どうしてそこでむきになるの？」

喋りながらゆっくりと指を抜き差しされて、朝陽は切れ切れの声を上げた。時間をかけて慣らされ、指を増やされて、そこはもうだいぶ柔らかくなっているはずなのに国吉はどこまでも慎重だ。

「あ……っ、国吉、もう……早く……っ」

指の腹で内壁を押し上げられると、腰の奥に重たい熱が溜まっていく。ときどき臍の裏に電気が走るような刺激があってたまらない。これならいっそ痛い方がましだ。

早く早くと急かすと、首筋で国吉が微かな溜息をついた。

「……俺だって相当我慢してるの、わかってる？」

ぐっと国吉が腰を押しつけてきて、腿の裏に感じるその硬さに息を詰めた。

「我慢してるくらいなら早くしろ……！」

国吉の腕に爪を立てて訴えると、咎めるように後ろから肩に歯を立てられた。同時に指を引き抜かれ、朝陽はあられもない声を上げる。

「無理そうだったら言って」

耳の裏で、荒い息を押し殺すようにして国吉が囁く。窄まりに固い切っ先が触れ、朝陽は胸の前に回された国吉の腕にしがみついた。

「あ、あ……っ、あ……ぁっ……」

柔らかな肉を掻き分けて、国吉の屹立が押し入ってくる。内臓を押し上げられるようで息が止まりそうだ。苦しさに、遠慮も忘れて国吉の腕に深く爪を立ててしまった。

「あ……っ、ん、んん……っ！」

突き上げられ、とっさに唇を噛んで悲鳴を殺した。深く息を吸うこともできず浅い呼吸を繰り返していると国吉にきつく抱きしめられ、なんとか震える息を吐く。

「朝陽……」

耳元で国吉が囁く。愛しさがまるごと伝わってくるような声だ。何度も名前を呼ばれると、強張っていた体から力が抜けていく。

「あ……っ、ん……」

国吉が朝陽の胸に手を這わせてきて、胸の尖りに指先が触れた。普段はそんな場所に触れられても何を思うこともないのだが、指先がそこを掠めた瞬間後ろを締めつけてしまって、甘ったるい声が出た。

「ん、ここ……？」

朝陽の声に気づいたのか、国吉が指先で胸の先端に触れてくる。指先で円を描くようにして尖りを捏ねられ、朝陽は身をのけ反らせた。

「あ、や、やめ、や……ぁ……っ」

「でも、触ると中が締まる」

ほら、と軽く腰を揺すられ、朝陽は高い声を上げた。

「あ、あ……っ、あ、やだって……、んん……っ」

胸の突起を指の腹ですりすりと撫でられたり、じっくりと押しつぶされたりして朝陽は涙声を上げた。たまに国吉が腰を揺すってきて、内側がひくひくと痙攣する。

「こっちは……？」

胸を弄っていた国吉の手が、臍からさらに下へと移動して朝陽の性器に触れた。

「ひ……っ、や、あ、ぁ……っ」

胸を触られたときよりずっと明確な快感が腰から背骨を貫いて、朝陽は爪先を突っ張らせた。締めつけに国吉も息を呑み、ゆっくりと朝陽の屹立を握る手を上下させる。

「……気持ちいい？」

「あっ、あっ、や、い、いい、から……っ、やだ……っ」

「いいのに、嫌？」

からかうような口調で言って、国吉は朝陽の耳を唇で挟む。耳朶に舌を這わされ、柔く噛まれて、朝陽は乱れる一方だ。

「あっ、あ、ん……っ、やぁ……っ」

「……っ、朝陽、ちょっと、動いていい」

耳に国吉の荒い息がかかる。わけもわからず頷くと、下から大きく突き上げられた。

「あぁ……っ！」

前を刺激されながら揺さぶられ、目の前が一瞬白くなった。

横臥《おうが》したままでは動きにくくなったのか、国吉が朝陽の腰を掴んで四つ這いにさせる。

体勢が変わったせいで前より奥まで貫かれ、朝陽はシーツを掻きむしった。

「ん、ん……っ、ん、ぁ……っん」

「……っ、朝陽、朝陽……っ」

耳元で余裕なく国吉に名を呼ばれ、朝陽は背筋を震わせた。蕩けきった内側を荒々しく突き上げられると、腹の底に痺れるような刺激が走る。性器を扱かれながら感じるそれはあっという間に快感に変換されて、体に甘い戦慄きが走った。

「あっ、あっ、国吉、国吉……っ」

切れ切れに名前を呼んだら後ろから強く抱きしめられた。呼ぶ声に応えてもらえるのが嬉しくて、目の縁からぽろりと涙が落ちる。

「あ、あ……っ、あぁ……っ！」

柔らかく蕩けた場所を繰り返し穿たれ、張り詰めた性器を扱かれて、朝陽は全身を震わせる。朝陽が達するのとほとんど同時に耳元で国吉の呻き声がして、痛いほどきつく抱きしめられた。

耳鳴りがして、自分の呼吸の音すら遠い。

国吉はゆっくりと自身を引き抜いた後も、朝陽を強く抱いてしばらく離そうとしなかった。名残惜しげに腕をほどいた後も、ぐったりする朝陽を今度は正面から胸に抱き寄せ、ごめん、やりすぎた、と必死で謝ってくる。

対する朝陽は、ここのところ不眠が続いていたせいか急速に眠気が押し寄せて国吉の謝罪に応えている余裕もない。国吉の胸に顔を押しつけ、寝言じみた声で呟く。

「……謝罪はいらん。から、夏休み中に一度……」

なに、と国吉が朝陽の口元に耳を寄せてくる。

「……虫探しにつき合ってくれ」

今の時期なら、山がいい。早朝に行けばカブトムシやクワガタが見られるだろう。日中は蝶が飛ぶ。二人でテングアワフキを探してもいい。夜は虫の声を聞こう。国吉より甘やかに鳴ける虫がいるかどうかは知らないが。

そんなようなことを口の中で呟いて朝陽は眠りに落ちる。

頬を柔らかな風が撫で、追いかけるように優しい唇が降ってきた。

「一度と言わず、何度だって一緒に行くよ」

夢うつつに聞いた国吉の声は笑いを含んでいて、朝陽も一緒に小さく笑った。


尾瀬朝陽の朝は早い。目覚まし代わりの携帯電話のアラームは、土日祝日関係なしに毎朝六時に鳴り響く。

　夏休みが終わり、今日からいよいよ後期の講義が始まる。アラームで目を覚ました朝陽はてきぱきと身支度を整えて部屋を出た。もちろん、ドアを閉める前に本棚に飾られた写真を振り返って頬を緩めることも忘れない。本棚には高校の卒業式に国吉と撮った写真と、もう一枚、この夏休みに国吉と山に虫探しにいった日の写真が飾られている。

　講義が始まる一時間前に学校に到着し、校内を散策して虫を眺めてから教室に向かうと、窓辺の席にはすでに及川たちの姿があった。

「おーっす、尾瀬おはよう。休みの間全然連絡なかったけど、もう具合はいいのか？」

　朝陽はきょろきょろと室内を見回しながら「ああ、もうすっかり」とだけ返した。見たところ、まだ国吉の姿はなさそうだ。

「あ、今日はそのTシャツ着てきたんだ？」

　朝陽のシャツを見た及川がすかさず反応する。朝陽が着ているのは、以前国吉と昆虫園に行ったときに土産物屋で買ったシャツだ。

「なんだっけ、その蝶々。絶滅危惧種なんだっけ？」

「ツシマウラボシシジミだ。その名の通り対馬に生息する固有亜種だが、シカの食害によって生息環境が激変した。餌が減ったことで一気に数が減って、今やこの蝶を捕まえることは法律で禁止されている。このシャツを買った昆虫園ではツシマウラボシシジミの飼育と繁殖が行われていて、もちろん展示もされていたぞ」

及川の後ろの席にカバンを置き、教室の入り口に目を向けながらつらつらと説明をする。誰も朝陽のうんちくなど聞いていないだろうし、返事は期待していなかったのだが、一拍置いてから及川たちが勢いよく身を乗り出してきた。

「久々に聞いた！　尾瀬の虫語りだ！」

「一訊いたら十返ってくるの、なんか久しぶりだなぁ！」

思いがけない歓迎ムードに驚いて、朝陽は及川たちへと驚き顔を向けた。

「なんだ、お前ら虫に興味なんてないだろうに」

「虫には興味ないけど、虫のことべらべら喋ってる尾瀬は面白いから。夏休み前はちょっと淋しかったんだぞ。休み中になんかあったか？」

もちろんあった。何かどころの騒ぎではない。国吉と恋人同士になったのだ。

まだ家族にすら打ち明けていない秘密のつき合いなので及川たちには伝えるべくもないのだが、これはかなり重大な出来事だ。夏の間、朝陽は恋人として何度も国吉に会った。

虫捕りはもちろん、夏祭りにも二人きりで行った。心行くまで国吉を独占できて、人生で一番充実した夏だった。

一方、少々面倒だったのは国吉神社の本社の人間から聞き取り調査を受けたことだ。あの蝶が人間に卵を産みつけ、体内で孵化した幼虫——なのかどうか実物を見たわけではないのでわからないが、便宜上そういうことになった——が人の感情を吸い、最終的に羽化して飛んでいくという事実は、今まで本社の人間にも確認されていなかったことらしい。

朝陽は部外者ながら国吉神社の秘密に深く関わってしまい、この事実を明るみに出さぬようしつこいくらいに釘を刺された。本社の人間は揃って高圧的で、国吉一家が話し合いの場に同席していてくれなければかなり不安な思いをしたに違いない。

それからもう一つ、休みの間に朝陽から星原に連絡を入れ、改めて告白の件を断った。星原からはすでに告白はなかったことにしてほしいとメッセージが来ていたし、傷口に塩を塗り込むことになるかもしれないとは思ったが、勇気を振り絞って告白してくれたのだろう星原の行動をなかったことのように振る舞うのは気が咎めた。

教壇の前に目を向ければ、今日も星原たちが前の席を陣取って講義の準備をしている。

隣に座る女子とお喋りをしていた星原が、ふいにこちらを向いた。目が合うと、星原は微かに笑って朝陽たちに手を振ってくる。

すぐに及川が気づいて満面の笑みで星原に手を振り返した。朝陽も軽く笑って星原に手を振る。朝陽と星原の間にはぎこちない空気が残っているが、隣でまだ手を振っている及川がそのうちそんな空気も蹴散らしてくれそうだ。

朝陽は手元に視線を戻しカバンから教科書を取り出そうとして——次の瞬間、教科書もカバンもそっちのけにして声を張り上げた。

「国吉！」

広い教室に響き渡るほどの声でその名を呼ぶと、及川たちが一斉に教室の入り口に目を向けた。そこにいたのは今まさに室内に足を踏み入れようとしていた国吉で、及川たちがわっと声を上げる。

「うわー、この光景も久々に見た！」

「そうだよ、尾瀬っていったら昆虫と国吉を見つけることにかけては右に出る者がいないんだよな。こうじゃないとなんか調子狂うわ」

及川たちが好き勝手言っているのを尻目に、朝陽は今か今かと国吉が近づいてくるのを待つ。晴れて自分たちは恋人同士だが、未だに朝陽は目覚めるたびに国吉の顔を思い出して胸を焦がすし、朝陽に気づいて遠くから笑いかけてくれる国吉を見ると胸が高鳴った。

まっすぐに朝陽を見てこちらにやって来る国吉に、朝陽は今朝学校で見つけた大きなクモの巣のことを伝えたくて仕方がない。休み前に国吉が生協の脇で見つけたという巣を一緒に見に行けなかったことをずっと悔いていただけに、今度こそ一緒に見よう、とわくわくしていたら、国吉の前に同じ学科の生徒が飛び出してきた。

「国吉、おはよう！　なあ、今日の昼休みちょっと時間取れないか？　休み中に試作したレシピが完成したからぜひ見てほしくて！」

興奮しきった様子で国吉に声をかけてきたのは魔法料理研究会の部員である。ファンタジー系の児童文学に出てくる架空の料理を再現しているサークルだ。

「今度の土曜日はレンタルキッチンを借りて、これまでレシピを作った料理の写真を撮る予定なんだ。国吉は写真にも詳しいし、ぜひ参加してほしいんだけど！」

朝陽は思わず椅子から腰を浮かせる。土曜日は自分も国吉を近所の川辺に誘うつもりだったのに。

（くそっ、出遅れたか……！　こんなことなら学校に来る前に国吉に電話でもなんでもして約束を取りつけておけばよかった！）

己の手抜かりを悔やんで朝陽が机に額を押しつけていると、魔法研究会との会話を終えた国吉が朝陽のもとにやってきた。

「おはよう、朝陽。どうしたの、朝から機嫌悪そうだけど」

隣の席に腰を下ろした国吉にへの字に曲がった唇を見られぬよう、朝陽は頬杖をついて口元を手で隠した。

不機嫌になったってしょうがない。国吉は昔からこうなのだ。興味の幅が恐ろしく広く、各種知識が豊富なので周りが放っておかない。いつだってみんな国吉を取り合って、恋人同士になったからといって朝陽だけその争奪戦から抜け出せるわけではないのだ。

歴代の国吉の彼女たちはそこが理解できず、国吉との関係を長く続けられなかった。自分は同じ轍を踏むまい。愚痴《ぐち》をこぼす代わりに鼻から息を吐くと、国吉に「どうした？」と顔を覗き込まれた。

前に座る及川たちはゲームの話題で盛り上がって、誰も朝陽たちの会話に耳を傾けていない。それを確認してから、朝陽は掌の下でぼそぼそと呟いた。

「今朝、ゼミ棟の近くで大きいクモの巣を見つけたんだ。昼休みにお前と一緒に見に行けたら、と思ってたんだが……」

「本当？　だったら行こう。昼休みじゃなくて帰りでもいい？　次の十分休みとか」

朝陽の言葉が完全に終わるのを待たず、国吉が食い気味に言葉をかぶせてきた。てっきりいつものように「ごめん、先約があって」と断られて終わるかと思いきや、代替案を出されたことに驚いて、朝陽はうろうろと視線をさまよわせた。

「いや、そんな、そこまで珍しいものでもないし、お前も今日は四限で終わりだろう？俺は五限まであるし……」

「待ってる。一緒に帰ろう。帰るときまでちゃんと巣が残ってるといいな」

またしても素早い返答をして、国吉は楽しそうに目を細める。

「他には？　まだむくれた顔してるけど、何がお気に召さなかった？」

目元に笑みを含ませた国吉に尋ねられ、朝陽は自分の顔を掌で拭った。国吉の予定を他の誰かに奪われて朝陽が不機嫌になるのは珍しくもないが、それを国吉に指摘されるのは初めてだ。こんなふうに国吉が誰かの機嫌を取ろうとしている姿も見たことがない。だからつい、口にしないでおくつもりの言葉を漏らしてしまった。

「……土曜日、俺も国吉と一緒に出かけたかった」

「出かけよう。嬉しいな、朝陽から誘ってくれるなんて」

今度も即答である。しかも言葉の通り、国吉は心底嬉しそうに目尻を下げて笑っている。

「で、でも、土曜日はもう予定が入ってるだろう？　さっき、魔法料理研究会の奴に誘われてたし……」

「それなら返事は保留にしてもらってる。まだ行くとは言ってない」

誰かに誘われたら先約がない限り迷わず快諾する国吉が、答えを保留にするとは珍しい。目を丸くする朝陽の横で、国吉は楽しそうに土曜の予定を尋ねてくる。

「どこに行く？　朝陽は行きたい所とかある？」

「き、近所の川辺に、虫を探しにいこうと……」

「いいね、行こう。夕暮れだったら懐中電灯もいらないかな。遅くなったらうちに寄って、そのまま泊まっていってもいいし」

「待て、でも、土曜は何か他に用事があったんじゃないのか？　だから魔法料理研究会の誘いも保留にしてたんじゃ……？」

国吉は朝陽の格好を真似るように頬杖をつくと、口元を隠して目を細めた。

「土曜日、一緒に過ごせないか俺から朝陽を誘うつもりでいたんだ」

「……えっ」

「もし朝陽に断られたら、そのときは魔法料理研究会の方に顔を出そうと思って一応返事を保留にしてただけだよ」

朝陽は何度も目を瞬かせ、でも、と心許ない声で呟く。

「国吉はいつも、先に声をかけてきた相手の誘いに応じてたのに……？」

国吉の『好き』には順位がなくて、恋人や友人の区別もなく、約束はすべて先着順で受けていたはずだ。これまでと異なる国吉の行動に困惑していたら、国吉が内緒話でもするように声を潜めた。

「そりゃあ、恋人と過ごす時間は特別だから」

「こ……っ」

自覚していたつもりでも、国吉の口から恋人なんて言われると動揺した。そうでなくともすぐ近くには及川たちがいるのだ。朝陽は深く俯いて、国吉以上に声を潜める。

「……恋人のこと、特別扱いできないんじゃなかったのか？」

「これまではできてなかったから、ちゃんと心を入れ替えた」

「できるならもっと前からやればよかっただろう」

「そこまでしようと思えるほどの相手と出会えなかったんだから仕方ない」

国吉は相変わらず口元を覆ったまま、目尻に浮かべた笑い皺を深くした。

「言い方を間違えた。恋人との時間が特別なんじゃなくて、朝陽と過ごす時間が特別なんだ」

とんでもない殺し文句に絶句して、朝陽は赤く火照った顔を再び伏せた。

目の端では国吉が肩を揺らして笑っている。からかわれているのだろうか。俯いたきり動けずにいたら、耳元で国吉にそっと囁かれた。

「朝陽」

名前を呼ばれる。その声を聞いただけで国吉がどんな顔をしているのかわかる。きっと見ている方が照れくさくなるほど愛しげに笑っているのだろう。

なかなか顔を上げようとしない朝陽の名前を、国吉が柔らかな声で何度も呼ぶ。

夕暮れの川辺に響く虫の声のようだ。つがいを求め、身を震わせて鳴く虫の声は綺麗だけれど切実で、そんなふうに何度も名前を呼ばれた朝陽は耳の端まで赤くした。

もうやめろ、お前の声は虫の声に似ているんだ。

そんなことを言ったらまた国吉に「朝陽の感性は独特だ」と笑われるだろうか。

傍らでは、どんな虫より美しい声で、国吉がまだ自分の名前を呼んでいる。

## ■あとがき■

子供の頃、バッタを山ほど捕まえてビニール袋に入れていた海野《うみの》です、こんにちは。

祖父母の家の前が畑だったので、秋になると虫取り網なんてなくても素手でいくらでも虫が捕まえられました。バッタもトンボも捕り放題で、親指の爪サイズの小さいカエルなんかもついでに捕まえていた記憶があります。

もうあの頃のように虫を追いかけることはなくなったけれど、別に虫が苦手なわけではないし、と軽い気持ちで今回の主人公に昆虫好きのキャラクターを選択したわけですが、執筆にとりかかってすぐ「あれ、私昆虫が凄く苦手ってわけじゃないけど、得意ってわけでもないな⁉」という事実に直面してうろたえました。

田舎で虫を追いかけ回していたのは小学生の頃で、それも犬がボールを追いかけるような、なんか動いてるから捕まえてみた、という子供独特のパッションに突き動かされての行動であり、別に昆虫そのものに興味があったわけではなかったんだな、と今更実感しました。もちろん昆虫を飼った経験もないので、どの季節にどんな虫がいるのかもよくわかっていない始末。

今回は作中にちょこちょこ虫が出てくるので、「この時期のこの地域にこういう名前の虫がいるのは正しいのかな？　とあれこれ調べることが多かったのですが、ネットで検索していたら、鈴虫の顔面を正面からアップで撮った写真（×五匹）がディスプレイにでかでかと表示されて、思わず薄目になってしまいました。

ときどき思いもよらないタイミングで心折れそうになりましたが、無事あとがきまでこぎつけられてよかったです。

色々な意味で難航した今作ですが、イラストはCiel先生に担当していただきました。主役の朝陽《あさひ》は変人の域に達している昆虫好きですが、こんなにも繊細な美青年に描いていただいて本当に嬉しいです。国吉《くによし》も優しそうなイケメンで素晴らしい！　何より表紙のイラストが美しすぎて拝みそうになりました。夜と蝶の雰囲気が最高ですね。素敵なイラストをありがとうございました！

そして末尾になりますが、この本を手に取ってくださった読者の皆様にも、深く御礼申し上げます。すぐに興味の対象が移ってしまい、一つのことを長く続けることができない私ですが、不思議なことに小説だけは飽きることなく書き続けてきました。そうして書いたお話を本という形で発表できるのは、読者の皆様がいつも応援してくださるおかげです。本当にありがとうございます。

それでは、またどこかでお会いできることを祈って。

海野幸

初出
「あやかし蝶と消えた初恋」書き下ろし

CHOCOLAT BUNKO

この本を読んでのご意見、ご感想をお寄せ下さい。
作者への手紙もお待ちしております。

あて先
〒171-0014 東京都豊島区池袋2−41−6 第一シャンボールビル 7階
(株)心交社　ショコラ編集部

# あやかし蝶と消えた初恋

2022年4月20日　第1刷


著　者:海野 幸
発行者:林 高弘
発行所:株式会社　心交社
〒171-0014 東京都豊島区池袋2−41−6
第一シャンボールビル 7階
(編集)03-3980-6337 (営業)03-3959-6169
http://www.chocolat_novels.com/
印刷所:図書印刷 株式会社